A CIDADE DAS ILUSÕES

URSULA K. LE GUIN

A Cidade das Ilusões

ISBN: 978-65-6099-078-4

Impresso no Brasil — 1ª Edição, 2025 — Edição revisada conforme o Acordo Ortográfico da Língua Portuguesa de 2009.

Dados Internacionais de Catalogação na Publicação (CIP)
(BENITEZ Catalogação Ass. Editorial, MS, Brasil)

G964c
1.ed. Guin, Ursula K. Le
A cidade das ilusões / Ursula K. Le Guin ; tradução Marcia Men. – 1.ed. – Rio de Janeiro : Morro Branco, 2025.
256 p.; 13,7 x 21 cm. – (Ciclo Hainish)

Título original: City of illusions.
ISBN 978-65-6099-078-4

1. Ficção científica norte-americana. I. Men, Marcia. II. Título. III. Série.

05-2025/225 CDD 813.0876

Índice para catálogo sistemático:
1. Ficção científica : Literatura norte-americana 813.0876
Aline Graziele Benitez – Bibliotecária – CRB-1/3129

Produção Editorial: Grupo Editorial Alta Books
Diretor Editorial: Anderson Vieira
Vendas Governamentais: Cristiane Mutüs
Coordenadora Editorial: Illysabelle Trajano
Produtora Editorial: Luana Maura

Tradução: Marcia Men
Copidesque: Nathalia Marques
Revisão: Ellen Andrade
Ilustração: Amanda Carla
Diagramação: Diego Santos

ALTA BOOKS
GRUPO EDITORIAL

Rua Viúva Cláudio, 291 — Bairro Industrial do Jacaré
CEP: 20.970-031 — Rio de Janeiro (RJ)
Tels.: (21) 3278-8069 / 3278-8419
www.altabooks.com.br — altabooks@altabooks.com.br
Ouvidoria: ouvidoria@altabooks.com.br

Editora **afiliada à:**

A CIDADE DAS ILUSÕES

URSULA K. LE GUIN

Coleção
Ciclo Hainish

Tradução
Marcia Men

MORROBRANCO
EDITORA

I

Imagine a escuridão.

Na escuridão que se estende para além do sol, um espírito silencioso despertou. Totalmente envolto no caos, não conhecia padrões. Não tinha linguagem e não sabia que a escuridão era a noite.

À medida que a luz esquecida se avivava ao seu redor, ele se moveu, rastejando, correndo, às vezes sobre as quatro patas, às vezes se erguendo, mas sem chegar a lugar algum. Não havia um caminho no mundo em que estava, pois um caminho implica um começo e um fim. Tudo ao redor dele era emaranhado, tudo oferecia resistência. A confusão de sua existência era impulsionada por forças para as quais ele não tinha nome: medo, fome, sede, dor. Pela floresta sombria das coisas, ele tropeçou em silêncio, até que a noite o deteve, uma força maior. Porém, quando a luz voltou, ele seguiu tateando. Quando emergiu subitamente na ampla luz do sol da Clareira, ele se ergueu e ficou de pé por um instante. Então cobriu os olhos com as mãos e gritou bem alto.

Tecendo em seu tear no jardim banhado de sol, Parth o viu à beira da floresta. Com um rápido impulso de sua mente, chamou os outros. Porém não temia nada e, antes que eles saíssem de casa, ela já havia atravessado a Clareira até a figura tosca que se encolhia entre as gramíneas altas e maduras. Quando se aproximaram, viram-na pousar a mão sobre o ombro dele e se inclinar, falando suavemente.

Ela se voltou para eles com um olhar de espanto, dizendo:

— Vocês estão vendo os olhos dele?

Eram olhos estranhos, sem dúvida. A pupila era grande; a íris, de um âmbar acinzentado, tinha um formato ovalado longitudinalmente, de modo que o branco dos olhos não aparecia.

— Como os de um gato — comentou Garra.

— Como um ovo que é só gema — disse Kai, dando voz ao leve desconforto causado por aquela diferença pequena, porém essencial.

Fora isso, o estranho parecia apenas um homem, sob o barro, os arranhões e a sujeira que cobriam seu rosto e corpo nu, marcas de sua luta sem rumo através da floresta. No máximo, era um pouco mais claro de pele do que o povo de tez escura que agora o cercava, discutindo a seu respeito em voz baixa, enquanto ele se encolhia sob a luz do sol, tremendo de exaustão e medo.

Embora Parth olhasse diretamente em seus olhos estranhos, não encontrou neles nenhum traço de reconhecimento humano. Ele era surdo à língua deles e não compreendia seus gestos.

— Irracional ou fora de si — disse Zove. — Mas faminto também; isso podemos resolver.

Ao ouvir isso, Kai e o jovem Thurro meio guiaram, meio arrastaram o homem trôpego para dentro da casa. Lá, junto com Parth e Buckeye, conseguiram alimentá-lo, limpá-lo e colocá-lo sobre um catre, com uma dose de droga do sono para mantê-lo ali.

— Ele é um shing? — perguntou Parth ao pai.

— Você é? Eu sou? Não seja ingênua, minha querida — respondeu Zove. — Se eu pudesse responder a essa pergunta, poderia libertar a Terra. Mas, por ora, espero descobrir se ele é louco, são ou um imbecil, de onde veio e como conseguiu esses olhos amarelos. Será que os humanos, em sua velhice degenerada, começaram a cruzar com gatos e falcões? Peça a Kretyan para vir até os alpendres-dormitórios, filha.

Parth seguiu sua prima cega, Kretyan, escada acima, até a sacada sombreada e ventilada onde o estranho dormia. Zove e sua irmã Karell, chamada Buckeye, já os aguardavam lá. Ambos estavam sentados de pernas cruzadas e costas eretas, Buckeye brincando com sua moldura de padrões, Zove sem fazer nada: um irmão e uma irmã já envelhecendo, seus rostos largos e escuros atentos e muito serenos. As jovens se sentaram perto deles sem romper o silêncio confortável. Parth tinha a pele de um tom castanho-avermelhado e uma longa cascata de cabelos pretos e brilhantes. Vestia apenas um par de calças prateadas soltas. Kretyan, um pouco mais velha, era escura e frágil; uma faixa vermelha cobria seus olhos vazios e prendia seus cabelos espessos para trás. Como a mãe, usava uma túnica de tecido estampado delicadamente urdido. Fazia calor. A tarde de pleno verão ardia sobre os jardins abaixo da sacada e sobre os campos ondulantes da Clareira. Por todos os lados, tão perto daquela ala da casa a ponto de lançar sombras com galhos cheios de folhas e asas, e tão longe em outras direções a ponto de se dissolver em um azul esmaecido pela distância, a floresta os cercava.

Os quatro ficaram sentados por um longo período, juntos e, ao mesmo tempo, separados, sem palavras, mas conectados.

— A conta de âmbar fica escapando para o padrão Vastidão — disse Buckeye com um sorriso, pousando a moldura com seus fios cruzados cheios de pedras preciosas.

— Todas as suas contas acabam na Vastidão — disse seu irmão. — Um efeito do seu misticismo reprimido. Você vai acabar como a nossa mãe, pode apostar, capaz de ver padrões em uma moldura vazia.

— Reprimido o escambau — retrucou Buckeye. — Nunca reprimi nada na minha vida.

— Kretyan — disse Zove —, as pálpebras do homem se movem. Ele pode estar em um ciclo de sonhos.

A garota cega se aproximou do catre. Estendeu a mão, e Zove a guiou suavemente até a testa do estranho. Ficaram todos em silêncio novamente. Todos prestando atenção. Mas somente Kretyan podia ouvir.

Por fim, ela ergueu a cabeça inclinada e cega.

— Nada — disse, a voz um pouco tensa.

— Nada?

— Um caos... um vazio. Ele não tem mente.

— Kretyan, deixe-me descrever a aparência dele. Seus pés caminharam, suas mãos trabalharam. O sono e a droga relaxam seu rosto, mas apenas uma mente pensante poderia usar e moldar um rosto nessas marcas de expressão.

— E como ele era quando estava acordado?

— Parecia assustado — respondeu Parth. — Assustado e confuso.

— Talvez seja um alienígena — disse Zove. — Não um terrano, embora como seria possível... Mas ele pode pensar de forma diferente da nossa. Tente mais uma vez, enquanto ele ainda sonha.

— Vou tentar, tio. Mas não sinto nenhuma mente, nenhuma verdadeira emoção ou direção. A mente de um bebê é assustadora, mas isso... é pior. Trevas e um tipo de caos vazio...

— Então mantenha distância — disse Zove com tranquilidade. — A não mente é um lugar ruim para uma mente ficar.

— A escuridão dele é pior que a minha — disse a garota. — Isto é um anel, na mão dele...

Ela havia pousado a mão sobre a do homem por um instante, num gesto de compaixão ou como se pedisse desculpas ao inconsciente dele por invadir seus sonhos.

— Sim, um anel de ouro, sem marcas ou ornamentos. Era tudo o que tinha no corpo. E sua mente tão despojada quanto sua carne. Então essa pobre criatura nos chega vinda da floresta... enviada por quem?

Naquela noite, toda a família da Casa de Zove, exceto as crianças pequenas, reuniu-se no grande salão do andar inferior, onde as janelas altas permaneciam abertas para o ar úmido da noite. A luz das estrelas, a presença das árvores e o som do riacho invadiam o cômodo fracamente iluminado, de modo que, entre cada pessoa e a próxima, e entre as palavras ditas, havia um certo espaço para sombras, vento noturno e silêncio.

— A verdade, como sempre, evita o estranho — disse o Mestre da Casa em sua voz grave. — Este estranho nos traz uma escolha entre várias improbabilidades. Ele pode ser um idiota de nascença, que chegou aqui por acaso; mas, então, quem o perdeu? Pode ser um homem cujo cérebro foi danificado por um acidente, ou manipulado intencionalmente. Ou pode ser um shing escondendo sua mente por trás de uma aparente amência. Ou pode não ser nem homem nem shing; mas, então, o que ele é? Não há prova ou refutação para nenhuma dessas ideias. O que faremos com ele?

— Ver se ele pode ser ensinado — sugeriu Rossa, a esposa de Zove.

Metock, o filho mais velho do Mestre, falou:

— Se ele puder ser ensinado, então deve-se desconfiar dele. Ele pode ter sido enviado aqui para aprender nossos costumes, ideias, segredos. O gato criado pelos ratos bondosos.

— Eu não sou um rato bondoso, meu filho — disse o Mestre. — Então você acha que ele é um shing?

— Ou um instrumento deles.

— Somos todos instrumentos dos shing. O que você faria com ele?

— Eu o mataria antes que ele acorde.

O vento soprou suavemente, e um bacurau chamou na clareira úmida e iluminada pelas estrelas.

— Eu me pergunto — disse a Mais Velha Anciã — se ele pode ser uma vítima, e não um instrumento. Talvez os shing tenham destruído sua mente como punição por algo que ele fez ou pensou. Devemos, então, terminar sua punição?

— Seria uma misericórdia mais verdadeira — disse Metock.

— A morte é uma falsa misericórdia — disse a Mais Velha Anciã com amargura.

E assim eles discutiram o assunto por algum tempo, de maneira equilibrada, mas com uma seriedade que incluía tanto preocupação moral quanto um cuidado mais profundo e ansioso, nunca declarado, mas apenas insinuado sempre que um deles pronunciava a palavra shing. Parth não participou da discussão, pois tinha apenas quinze anos, mas ouvia atentamente. Ela estava conectada ao estranho pela compaixão e queria que ele vivesse.

Ranya e Kretyan se juntaram ao grupo; Ranya realizara alguns testes fisiológicos no estranho, com Kretyan de prontidão para captar qualquer resposta mental. Elas tinham pouco a relatar até então, além de que o sistema nervoso do estranho e as áreas sensoriais e motoras básicas de seu cérebro pareciam normais, embora suas respostas físicas e sua coordenação motora fossem comparáveis às de uma criança de um ano, talvez, e nenhum estímulo nas áreas da fala havia provocado qualquer resposta.

— A força de um homem, a coordenação de um bebê, a mente vazia — disse Ranya.

— Se não o matarmos como uma fera selvagem — começou Buckeye —, então teremos que domesticá-lo como uma fera selvagem...

— Parece que vale a pena tentar — falou Kai, o irmão mais novo de Kretyan. — Deixe que alguns de nós, os mais jovens, cuidemos dele; veremos o que podemos fazer. Afinal, não precisamos lhe ensinar os Cânones Internos logo de cara. Pelo menos, ensiná-lo a não molhar a cama vem primeiro... Quero saber se ele é humano. Você acha que ele é, Mestre?

— Quem sabe? — disse Zove, espalmando suas mãos grandes. — Os exames de sangue de Ranya podem nos dizer. Nunca ouvi falar de um shing com olhos amarelos ou qualquer diferença visível em relação aos terranos. Mas, se ele não é shing nem humano, o que ele é? Nenhum ser dos Outros Mundos, que um dia foram conhecidos, pisou na Terra em mil e duzentos anos. Assim como você, Kai, acho que eu arriscaria sua presença aqui entre nós por pura curiosidade...

E assim, eles permitiram que o hóspede vivesse.

No início, ele deu pouco trabalho aos jovens que cuidavam dele. Recuperou as forças lentamente, dormindo muito, sentado ou deitado quieto na maior parte do tempo em que estava acordado. Parth o chamou de Falk, que no dialeto da Floresta Oriental significava "amarelo", por causa de sua pele pálida e olhos opalinos.

Uma manhã, vários dias após sua chegada, ao alcançar um trecho sem padrão no tecido que estava tecendo, ela deixou seu tear movido a energia solar funcionando sozinho no jardim e subiu até a sacada telada onde "Falk" era mantido. Ele não a viu entrar. Estava sentado em seu catre, olhando fixamente para o céu de verão, embaçado pela névoa. O clarão fazia seus olhos lacrimejarem, e ele os esfregou vigorosamente com a mão. Então, ao ver a própria mão, ele a observou com atenção, o dorso e a palma. Abriu e fechou os dedos, franzindo a testa. Em seguida, levantou o rosto de novo para o clarão branco do sol e, lentamente, com hesitação, estendeu a mão aberta em sua direção.

— Isso é o sol, Falk — disse Parth. — Sol…

— Sol — repetiu ele, fitando-o, concentrado, o vazio e a vacuidade de seu ser preenchidos pela luz do sol e o som de seu nome.

E assim, sua educação começou.

■

Parth subiu dos porões e, passando pela Cozinha Velha, viu Falk encolhido em uma das janelas salientes, sozinho, observando a neve cair do lado de fora do vidro sujo. Já fazia dez dias desde que ele havia agredido Rossa, e tiveram que trancá-lo até que ele se acalmasse. Desde então, ele se mantinha sisudo e se recusava a falar. Era estranho ver seu rosto de homem embotado pelo sofrimento teimoso e birrento de uma criança.

— Venha para perto do fogo, Falk — chamou Parth, mas não parou para esperar por ele. No grande salão, perto do fogo, ela esperou um pouco, mas depois desistiu e procurou algo para levantar seu próprio ânimo.

Não havia nada para fazer; a neve caía, todos os rostos eram demasiadamente familiares, todos os livros falavam de coisas ocorridas há muito tempo e distantes, que não eram mais verdade. Ao redor da casa silenciosa e de seus campos estendia-se a floresta silenciosa, infinita, monótona, indiferente; inverno após inverno, e ela nunca deixaria aquela casa, pois para onde iria, o que havia para fazer...?

Em uma das mesas vazias, Ranya havia deixado seu tëanb, um instrumento plano com teclas, supostamente de origem Hainish. Parth dedilhou uma melodia no melancólico Modo Escalonado da Floresta Oriental, depois tornou a afinar o instrumento para sua escala original e começou de novo. Ela não tinha muita habilidade com o tëanb e encontrava as notas lentamente, cantando as palavras, estendendo-as para manter a melodia enquanto buscava a próxima nota.

Além do som do vento nas árvores
além da tempestade que sombreia os mares,
em degraus de pedra banhados pelo sol
a filha de Airek se via...

Ela perdeu a melodia, mas depois a recuperou:

...se via,
silenciosa, com as mãos vazias.

Era uma lenda, ninguém sabia quão antiga, de um mundo incrivelmente distante. Suas palavras e melodia faziam parte do legado da humanidade há séculos. Parth continuou cantando bem baixinho, sozinha na grande sala iluminada pelo fogo, enquanto a neve e o crepúsculo escureciam as janelas.

Houve um som atrás dela e, ao se virar, viu Falk ali de pé. Havia lágrimas em seus olhos estranhos.

— Parth... pare... — pediu ele.

— Falk, o que foi?

— Isso me machuca — disse ele, desviando o rosto que tão claramente revelava uma mente incoerente e indefesa.

— Que elogio ao meu canto — brincou ela, mas ficou comovida e não cantou mais. Mais tarde, naquela noite, ela viu Falk parado ao lado da mesa onde estava o tëanb. Ele levantou a mão em direção ao instrumento, mas não ousou tocá-lo, como se temesse liberar o doce e implacável demônio dentro dele que havia clamado sob as mãos de Parth e transformado sua voz em música.

■

— Meu filho aprende mais depressa que o seu — disse Parth a sua prima Garra —, mas o seu cresce mais depressa. Felizmente.

— O seu já está grande o suficiente — concordou Garra, olhando para o lado do riacho onde Falk estava com seu bebê de um ano no ombro.

A tarde do início do verão ecoava com o canto dos grilos e o zumbido dos mosquitos. O cabelo de Parth grudava em mechas pretas em suas bochechas enquanto ela disparava, remontava e disparava de novo as travas de seu tear. Acima de sua lançadeira surgiam cabeças e pescoços de uma fileira de garças dançantes, fio prateado sobre o fundo cinza. Aos dezessete anos, ela era a melhor tecelã entre as mulheres. No inverno, suas mãos estavam sempre manchadas pelos produtos químicos usados para fazer seus fios e tingi-los, e no verão ela produzia em seu tear movido a energia solar os tecidos delicados e variados de sua imaginação.

— Pequena aranha — disse sua mãe, que estava por perto —, uma piada é uma piada. Mas um homem é um homem.

— E você quer que eu vá com Metock até a casa de Kathol para trocar minha tapeçaria de garças por um marido. Eu sei — disse Parth.

— Eu nunca disse isso, ou disse? — perguntou sua mãe, e continuou a retirar as ervas daninhas entre as fileiras de alface.

Falk subiu pela trilha, o bebê no ombro espremendo os olhos contra o clarão do sol e sorrindo serenamente. Ele o colocou na grama e disse, como se falasse com uma pessoa adulta:

— Aqui em cima está mais quente, não é?

E então, virando-se para Parth com a candura grave que lhe era característica, perguntou:

— A floresta tem fim, Parth?

— É o que dizem. Os mapas são todos diferentes. Mas naquela direção fica o mar, por fim... e naquela outra, a pradaria.

— Pradaria?

— Terras abertas, pastagens. Como a Clareira, mas se estendendo por vários quilômetros até as montanhas.

— Montanhas? — perguntou ele, inocente e persistente como uma criança.

— Colinas altas, com neve no topo o ano todo. Assim. — Pausando para ajustar a lançadeira, Parth juntou seus dedos longos e marrons em forma de pico.

Os olhos amarelos de Falk brilharam de repente, e sua expressão se tornou intensa.

— Embaixo do branco vem o azul, e embaixo dele vêm as... as linhas... as colinas lá longe...

Parth olhou para ele, sem dizer nada. Grande parte de tudo o que ele sabia havia vindo diretamente dela, pois ela sempre fora a única que conseguia ensiná-lo. A reconstrução da vida dele havia sido tanto um efeito quanto uma parte do crescimento da sua. As mentes de ambos estavam intimamente entrelaçadas.

— Eu vejo isso... já vi isso. Eu me lembro — gaguejou o homem.

— Uma projeção, Falk?

— Não. Não em um livro. Na minha mente. Eu me lembro, sim. Às vezes, indo dormir, eu vejo. Não sei o nome dela: a Montanha.

— Você consegue desenhá-la?

Ajoelhando-se ao lado dela, ele esboçou rapidamente na poeira o contorno de um cone irregular e, abaixo dele, duas linhas de colinas.

— E ela é branca de neve? — perguntou Garra, esticando o pescoço para ver o desenho.

— É. É como se eu a visse através de algo... uma grande janela, grande e no alto... É da sua mente, Parth? — perguntou ele, um pouco ansioso.

— Não — disse a garota. — Ninguém aqui na casa já viu montanhas altas. Acho que não existe nenhuma deste lado do rio Interior. Deve ser longe daqui, bem longe.

Ela falava como alguém tomado por um calafrio.

■

Através da borda dos sonhos, um som serrilhado cortou o ar, um zumbido fraco e irregular, assustador. Falk despertou e se sentou ao lado de Parth; ambos olharam com olhos sonolentos e tensos para o norte, de onde o som distante pulsava e desaparecia, enquanto a primeira luz da manhã clareava o céu acima da escuridão das árvores.

— Um aerocarro — sussurrou Parth. — Já ouvi um deles antes, há muito tempo…

Ela estremeceu. Falk passou o braço em volta de seus ombros, tomado pela mesma inquietação, a sensação de uma presença maligna remota e incompreendida passando ao norte, nos limites da luz do dia.

O som desapareceu; no vasto silêncio da floresta, alguns pássaros começaram a cantar, anunciando o coro esparso da alvorada de outono. A luz no leste se intensificou. Falk e Parth se deitaram novamente no calor e no conforto infinito dos braços um do outro; apenas meio acordado, Falk caiu no sono outra vez. Quando ela o beijou e escapuliu para começar os trabalhos do dia, ele murmurou:

— Não vá ainda… pequeno falcão, pequenina…

Mas ela riu e escapuliu, e ele continuou a cochilar por um tempo, incapaz de emergir das doces e preguiçosas profundezas do prazer e da paz.

O sol brilhava forte e no nível dos olhos dele. Falk se virou, depois se sentou bocejando e olhou para os galhos profundos e vermelhos do carvalho que se erguia ao lado do alpendre-dormitório. Ele percebeu que, ao sair, Parth havia ligado o professono ao lado de seu travesseiro; o aparelho murmurava suavemente, revisando a teoria cetiana dos números. Isso o fez rir, e o frio da manhã brilhante de novembro o despertou completamente. Ele vestiu a camisa e as calças — tecido pesado, macio e escuro, urdido por Parth, cortado e ajustado para ele por Buckeye — e ficou de pé junto ao corrimão de madeira da varanda, olhando para a Clareira e para as árvores sem fim, marrons, vermelhas e douradas.

Fresca, serena e doce, a manhã estava como havia sido quando as primeiras pessoas nesta terra acordaram em suas frágeis casas pontiagudas e saíram para ver o sol nascer, livre da floresta escura. As manhãs são todas uma só, e o outono é sempre outono, mas os anos que os homens contam são muitos. Houve uma primeira raça nesta terra... e uma segunda, os conquistadores; ambas se perderam, conquistados e conquistadores, milhões de vidas, todas reduzidas a um ponto vago no horizonte do tempo passado. As estrelas foram conquistadas e perdidas novamente. E os anos continuaram passando, tantos que a floresta dos tempos arcaicos, destruída completamente durante a era em que os homens tinham feito e guardado sua história, havia tornado a crescer. Mesmo na vasta e obscura história de um planeta, o tempo que leva para fazer uma floresta conta. Leva um tempo. E nem todo planeta pode fazer isso; não é um efeito comum, esse emaranhado da primeira luz fria do sol com as sombras e a complexidade de incontáveis galhos agitados pelo vento...

Falk permaneceu ali, regozijando-se com a manhã, talvez ainda mais intensamente porque, para ele, por trás dessa manhã havia tão poucas outras manhãs, tão poucos dias lembrados entre ele e a escuridão. Ele ouviu os comentários de um chapim no carvalho, depois se espreguiçou, coçou a cabeça vigorosamente e foi se juntar ao trabalho e à companhia da casa.

A Casa de Zove era um chalé-castelo-fazenda desordenado, uma construção imponente e irregular de pedra e madeira; algumas partes de pé há um século ou mais, outras há mais tempo ainda. Havia certa primitividade em seu aspecto: escadarias escuras, lareiras e porões de pedra, pisos descobertos de ladrilho ou madeira. Mas nada nela estava inacabado; era perfeitamente à prova de fogo e intempéries; e certos elementos de sua estrutura e função eram dispositivos ou máquinas altamente sofisticados — as luzes de fusão agradáveis e amareladas, as bibliotecas de música, palavras e imagens, várias ferramentas ou aparelhos automáticos usados na limpeza da casa, na cozinha, na lavagem de roupas e no trabalho agrícola, e alguns instrumentos mais sutis e especializados mantidos em oficinas na Ala Leste. Todas essas coisas faziam parte da casa, construídas nela ou junto com ela, feitas dentro dela ou em outra das casas da floresta. O maquinário era pesado e simples, fácil de consertar; apenas o conhecimento por trás de sua fonte de energia era delicado e insubstituível.

Um tipo de dispositivo tecnológico estava notavelmente ausente. A biblioteca demonstrava uma habilidade com eletrônica que havia se tornado praticamente instintiva; os meninos gostavam de construir pequenos aparelhos para se comunicarem de um cômodo para outro. Mas não havia televisão, telefone, rádio ou telégrafo transmitindo ou recebendo sinais além da Clareira. Não havia aparelhos de comunicação à distância. Havia alguns deslizadores sustentados por almofadas de ar caseiros na Ala Leste, mas eles apareciam mais nas brincadeiras dos meninos. Eram difíceis de manusear na floresta, nas trilhas selvagens. Quando as pessoas iam visitar e negociar em outra casa, iam a pé, talvez a cavalo se o caminho fosse muito longo.

O trabalho na casa e na fazenda era leve, sem grandes cargas para ninguém. O conforto não ia além de calor e limpeza, e a comida era saudável, mas monótona. A vida na casa tinha a uniformidade sem graça da existência comunitária, uma frugalidade limpa e serena. A serenidade e a monotonia vinham do isolamento. Quarenta e quatro pessoas viviam ali juntas. A Casa de Kathol, a mais próxima, ficava a quase cinquenta quilômetros ao sul. Ao redor da Clareira, quilômetro após quilômetro, claramente intocada, inexplorada, indiferente, a floresta prosseguia. A floresta selvagem e, acima dela, o céu. Não havia como excluir o inumano ali, nem restringir a vida humana, como nas cidades de eras anteriores, para caber no escopo humano. Manter qualquer coisa de uma civilização complexa intacta ali, entre tão poucos, era uma conquista singular e muito perigosa, embora para a maioria deles parecesse bastante natural: era assim que se fazia; nenhuma outra maneira era conhecida. Falk via isso de forma um pouco diferente das crianças da casa, pois ele sempre precisava estar ciente de que havia saído daquela vastidão imensa e inumana, tão ameaçadora e solitária quanto qualquer fera que a habitasse, e que tudo o que aprendera na Casa de Zove era como uma única vela ardendo em um grande campo de escuridão.

No café da manhã — pão, queijo de leite de cabra e cerveja escura —, Metock o convidou para passar o dia nos postos de caça aos cervos. Isso agradou Falk. O Irmão Mais Velho era um caçador habilidoso, e ele próprio estava se tornando um; isso finalmente criava um ponto em comum entre os dois. Mas o Mestre interveio:

— Leve Kai hoje, meu filho. Quero conversar com Falk.

Cada membro da casa tinha seu próprio quarto para estudo ou trabalho e para dormir até mais tarde quando o tempo estava gelado. O de Zove era pequeno, alto e bem iluminado, com janelas para o oeste, norte e leste. Olhando para além dos campos de restolho e pousio outonais em direção à floresta, o Mestre disse:

— Parth viu você ali pela primeira vez perto daquela faia cobreada, creio eu. Cinco anos e meio atrás. Muito tempo! Já é hora de conversarmos?

— Talvez seja, Mestre — respondeu Falk, hesitante.

— É difícil dizer com certeza, mas estimei que você tivesse uns vinte e cinco anos quando chegou. O que lhe resta agora desses vinte e cinco anos?

— Um anel — disse Falk, estendendo a mão esquerda por um instante.

— E a lembrança de uma montanha?

— A lembrança de uma lembrança. — Falk deu de ombros. — E, muitas vezes, como já lhe disse, encontro em minha mente, por um momento, o som de uma voz, ou a sensação de um movimento, um gesto, uma distância. Essas coisas não se encaixam em minhas memórias da vida aqui com vocês. Mas não formam um todo, não têm significado.

Zove sentou-se no parapeito da janela e fez um gesto para Falk fazer o mesmo.

— Você não precisou crescer; suas habilidades motoras estavam intactas. Mas, mesmo com essa base, aprendeu com uma rapidez impressionante. Às vezes me pergunto se, quando os shing controlavam a genética humana nos tempos antigos e eliminavam tantos ao escolher colonos, estavam nos selecionando pela docilidade e pela estupidez, e se você descende de alguma raça mutante que escapou desse controle. Seja como for, você era um homem altamente inteligente... e agora voltou a ser. E eu gostaria de saber o que você mesmo pensa sobre seu passado misterioso.

Falk ficou em silêncio por um momento. Era um homem baixo, magro e bem-proporcionado; seu rosto expressivo e sempre atento, naquele instante, parecia sombrio, apreensivo, refletindo seus sentimentos com a candura de uma criança. Por fim, visivelmente reunindo sua determinação, falou:

— Enquanto estudava com Ranya no último verão, ela me mostrou como sou diferente do padrão genético humano. Apenas uma ou duas torções na hélice... uma diferença bem pequena. Como a diferença entre *wei* e *o*.

Zove ergueu os olhos com um sorriso diante da referência ao Cânone, que fascinava Falk, mas o mais jovem não estava sorrindo.

— No entanto, sou inegavelmente não humano. Então, posso ser ou uma aberração; ou um mutante, criado de forma acidental ou deliberada; ou um alienígena. Suponho que o mais provável é que eu seja um experimento genético fracassado, descartado por seus criadores... Não há como saber. Prefiro pensar que sou um alienígena, de algum outro mundo. Isso significaria que, pelo menos, não sou a única criatura da minha espécie no universo.

— O que te faz ter certeza de que existem outros mundos habitados?

Falk ergueu os olhos, surpreso, chegando imediatamente, com a credulidade de uma criança, mas a lógica de um homem, à conclusão.

— Existe alguma razão para pensar que os outros Mundos da Liga foram destruídos?

— Existe alguma razão para pensar que eles sequer existiram?

— Mas foi isso que você mesmo me ensinou, e os livros, as histórias...

— Você acredita neles? Acredita em tudo o que lhe contamos?

— No que mais eu poderia acreditar? — Ele corou. — Por que vocês mentiriam para mim?

— Poderíamos mentir para você dia e noite sobre tudo, por dois bons motivos: porque somos shing, ou porque acreditamos que você os serve.

Houve uma pausa.

— E eu poderia servi-los sem nem saber — disse Falk, olhando para baixo.

— É possível — respondeu o Mestre. — Você deve considerar essa possibilidade, Falk. Entre nós, Metock sempre acreditou que você fosse uma mente programada, como eles chamam. Mas, ainda assim, ele nunca mentiu para você. Nenhum de nós mentiu conscientemente. O

Poeta do Rio disse, mil anos atrás: "Na verdade, a humanidade mente..." — Zove recitou as palavras com ênfase, depois riu. — Ambíguo, como todo poeta. Bem, contamos a você as verdades e os fatos que conhecemos, Falk. Mas talvez não todas as suposições e lendas, as coisas que vêm antes dos fatos...

— Como poderiam me ensinar essas coisas?

— Não poderíamos. Você aprendeu a ver o mundo em outro lugar, talvez em outro mundo. Pudemos ajudá-lo a se tornar um homem novamente, mas não podíamos lhe dar uma infância verdadeira. Essa, só se tem uma vez...

— Sinto-me infantil o bastante entre vocês — disse Falk, com uma melancolia sombria.

— Você não é infantil. É um homem inexperiente. É um mutilado, porque não há uma criança dentro de você, Falk; você está isolado de suas raízes, de sua origem. Pode dizer que este é o seu lar?

— Não — respondeu Falk, encolhendo-se. Depois acrescentou: — Mas fui muito feliz aqui.

O Mestre hesitou um pouco, mas retomou sua linha de questionamento.

— Você acha que nossa vida aqui é uma vida boa? Que seguimos um caminho bom para os homens?

— Sim.

— Me diga mais uma coisa. Quem é o nosso inimigo?

— Os shing.

— Por quê?

— Eles destruíram a Liga de Todos os Mundos, tiraram dos homens a escolha e a liberdade, arruinaram todas as suas obras e registros, interromperam a evolução da raça. São tiranos e mentirosos.

— Mas eles não nos impedem de levar nossa boa vida aqui.

— Estamos escondidos… vivemos isolados para que nos deixem em paz. Se tentássemos construir qualquer uma das grandes máquinas, se nos reuníssemos em grupos, cidades ou nações para realizar algum grande feito juntos, os shing se infiltrariam, destruiriam a obra e nos dispersariam. Apenas repito o que vocês me ensinaram e no que eu acreditei, Mestre!

— Eu sei. Perguntei-me se, por trás do fato, você talvez tivesse percebido a… lenda, a suposição, a esperança…

Falk não respondeu.

— Nós nos escondemos dos shing. Mas também nos escondemos do que fomos. Você entende isso, Falk? Vivemos bem em nossas casas… bem o bastante. Mas somos totalmente governados pelo medo. Houve um tempo em que viajávamos em naves entre as estrelas, e agora não ousamos nos afastar cem quilômetros de casa. Guardamos um pouco do conhecimento, mas não fazemos nada com ele. Antes, usávamos esse conhecimento para tecer o padrão da vida como uma tapeçaria sobre a noite e o caos. Expandíamos as possibilidades da existência. Fazíamos o trabalho dos homens.

Após outro silêncio, Zove continuou, olhando para o céu brilhante de novembro.

— Pense nos mundos, nas diversas raças de homens e animais que os habitavam, nas constelações de seus céus, nas cidades que construíram, em suas canções e costumes.

Tudo isso está perdido para nós, perdido, tão completamente quanto sua infância está perdida para você. O que realmente sabemos sobre a época de nossa grandeza? Apenas alguns nomes de mundos e heróis, um punhado de fatos que tentamos remendar em uma história. A lei dos shing proíbe matar, mas eles mataram o conhecimento, queimaram livros e, talvez pior, falsificaram o que restou. Inseriram a Mentira, como sempre fizeram. Não temos certeza de nada sobre a Era da Liga; quantos dos documentos são forjados? Você precisa se lembrar, Falk, donde os shing são nossos inimigos. É fácil passar a vida inteira sem nunca ver um deles, conscientemente; no máximo, ouvimos um aerocarro passando ao longe. Aqui na floresta, eles nos deixam em paz, e talvez seja assim agora em toda a Terra, mas não sabemos. Eles nos deixam em paz, desde que fiquemos aqui, na gaiola da nossa ignorância e do nosso isolamento, abaixando a cabeça quando passam sobre nós. Mas não confiam em nós. Como poderiam, mesmo depois de mil e duzentos anos? Não há confiança neles, porque não há verdade neles. Não cumprem acordos, quebram promessas, perjuram, traem e mentem de forma incansável; e certos registros da época da Queda da Liga sugerem que eles podiam mentir com a mente. Foi a Mentira que derrotou todas as raças da Liga e nos deixou sujeitados aos shing. Lembre-se disso, Falk. Nunca acredite em nada que o Inimigo disser.

— Vou me lembrar, Mestre, se um dia eu encontrar o Inimigo.

— Você não os encontrará, a menos que vá até eles.

A apreensão no rosto de Falk deu lugar a uma expressão de escuta atenta, imóvel. O momento pelo qual ele esperava havia chegado.

— Você quer dizer deixar esta casa — disse ele.

— Você mesmo já pensou nisso — respondeu Zove com a mesma tranquilidade.

— Já pensei, sim. Mas eu não tenho como ir. Quero viver aqui. Parth e eu...

Ele hesitou, e Zove interveio, incisivo e gentil.

— Eu honro o amor que cresceu entre você e Parth, a alegria e a fidelidade de vocês. Mas você veio para cá a caminho de outro lugar, Falk. Você é bem-vindo aqui; sempre foi. Sua união com minha filha precisa ser sem filhos; ainda assim, tenho me regozijado com ela. Mas acredito que o mistério da sua existência e de sua chegada aqui é algo grandioso, que não pode ser simplesmente ignorado; que você caminha por uma estrada que continua adiante; que você tem um trabalho a fazer...

— Que trabalho? Quem pode me dizer?

— O que nos foi tirado e o que roubaram de você estará com os shing. Disso, pode ter certeza.

Havia uma amargura cortante, dolorosa, na voz de Zove, algo que Falk nunca ouvira antes.

— Aqueles que nunca dizem a verdade vão me contar a verdade só por eu perguntar? E como reconhecerei o que estou buscando quando o encontrar?

Zove permaneceu em silêncio por um momento e, então, respondeu com sua costumeira calma e controle:

— Eu me agarro à ideia, meu filho, de que em você reside alguma esperança para os homens. Não gosto de abrir mão dessa ideia. Mas só você pode buscar sua própria verdade; e se te parece que o seu caminho termina aqui, então talvez esta seja a verdade.

— Se eu for — disse Falk abruptamente —, você deixará Parth ir comigo?

— Não, meu filho.

Uma criança cantava no jardim — o filho de quatro anos de Garra, dando cambalhotas desajeitadas na trilha e entoando um canto agudo e doce, sem sentido. Bem alto no céu, nas longas fileiras ondulantes em V das grandes migrações, bando após bando de gansos selvagens seguia para o sul.

— Era para eu ir com Metock e Thurro buscar a noiva de Thurro — disse Falk. — Planejávamos partir em breve, antes que o tempo mude. Se eu for, partirei da Casa Ransifel.

— No inverno?

— Há casas a oeste de Ransifel, sem dúvida, onde posso pedir abrigo se precisar.

Ele não disse, e Zove não perguntou, por que o oeste era a direção que ele tomaria.

— Pode ser que haja; não sei. Não sei se eles dariam abrigo a estranhos como fazemos aqui. Se você for, estará sozinho, e deve estar sozinho. Fora desta casa, não há lugar seguro para você na Terra.

Ele falou, como sempre, com absoluta verdade… e pagou o preço da verdade em autocontrole e dor. Falk o tranquilizou rapidamente.

— Eu sei disso, Mestre. Não é a segurança que eu lamentarei…

— Vou lhe dizer o que acredito a seu respeito. Acho que você veio de um mundo perdido; acho que você não nasceu na Terra. Acho que veio para cá, o primeiro Alienígena a retornar em mil anos ou mais, trazendo uma mensagem ou um sinal para nós. Os shing calaram sua voz e o soltaram nas florestas para que ninguém pudesse dizer que o mataram. Você veio até nós. Se você for, vou lamentar e temer por você, sabendo o quanto estará sozinho. Mas terei esperança por você, e por nós! Se tinha palavras para dizer aos homens, se lembrará delas no final. Tem que haver uma esperança, um sinal: não podemos continuar assim para sempre.

— Talvez minha raça nunca tenha sido amiga da humanidade — disse Falk, olhando para Zove com seus olhos amarelos. — Quem sabe o que eu vim fazer aqui?

— Você encontrará aqueles que sabem. E então o fará. Eu não temo isso. Se você servir ao Inimigo, então todos nós servimos: tudo está perdido e não há mais nada a perder. Se não, então tem aquilo que nós, homens, perdemos: um destino; e, ao segui-lo, pode trazer esperança a todos nós…

II

Zove vivera sessenta anos, Parth, vinte; contudo, naquela tarde fria nos Campos Longos, ela parecia idosa de um jeito que nenhum homem poderia ser, atemporal. Ela não se consolava com ideias de um triunfo estelar definitivo ou da supremacia da verdade. O dom profético de seu pai era nela apenas a ausência de ilusões. Ela sabia que Falk partiria. Disse apenas:

— Você não vai voltar.

— Eu vou voltar, Parth.

Ela o envolveu em seus braços, mas não deu ouvidos àquela promessa.

Ele tentou chamá-la pessoalmente, embora tivesse pouca habilidade na comunicação telepática. O único Ouvinte na casa era a cega Kretyan; nenhum deles tinha a habilidade da comunicação não verbal, a mentefala. As técnicas de aprendizado da mentefala não tinham se perdido, mas eram pouco praticadas. A maior virtude daquela forma de comunicação mais intensa e perfeita havia se tornado um perigo para a humanidade.

A mentefala entre duas inteligências podia ser incoerente, insana, e claro, ainda poderia conter erro ou crenças falsas. Mas não podia ser feito mau uso dela. Entre o pensamento e a palavra falada há um intervalo onde a intenção pode se infiltrar, o símbolo pode ser distorcido e a mentira pode surgir. Entre o pensamento e o pensamento enviado, não há intervalo; são um só ato. Não há espaço para a mentira.

Nos últimos anos da Liga, os fragmentos de registros e lendas que Falk estudara pareciam indicar que a mentefala era amplamente utilizada e que as habilidades telepáticas haviam atingido um nível altamente refinado. Foi uma arte que a Terra aprendera tardiamente, assimilando suas técnicas de outra raça. Um livro a havia chamado de "A Última Arte". Havia indícios de conflitos e perturbações no governo da Liga de Todos os Mundos, talvez causados pela predominância de um modo de comunicação que impossibilitava a mentira. Mas tudo isso era vago e quase lendário, como toda a história da humanidade. Com certeza, desde a chegada dos shing e a queda da Liga, a humanidade dispersa passou a desconfiar da confiança e a usar apenas a palavra falada. Um homem livre pode falar livremente, mas um escravo ou um fugitivo precisa esconder a verdade e mentir. Foi isso que Falk aprendeu na Casa de Zove, e foi por isso que teve tão pouca prática na sintonia das mentes. Agora, porém, ele tentou chamar pessoalmente Parth para que ela soubesse que ele não estava mentindo: *Acredite em mim, Parth. Eu voltarei para você!*

Mas ela não quis ouvir.

— Não, eu não vou mentefalar — disse ela em voz alta.

— Então você está escondendo seus pensamentos de mim.

— Estou, sim. Por que eu deveria lhe dar a minha dor? De que serve a verdade? Se você tivesse mentido para mim ontem, eu ainda acreditaria que você estava indo apenas para Ransifel e voltaria para casa daqui a dez dias. Assim, eu ainda teria esses dez dias e noites. Mas agora não tenho mais nada, nem um dia, nem uma hora. Tudo foi tomado, já acabou. Para que serve a verdade?

— Parth, você esperaria um ano por mim?

— Não.

— Só um ano...

— Um ano e um dia, e então você voltará montado num corcel prateado para me levar ao seu reino e fazer de mim sua rainha? Não, eu não vou esperar por você, Falk. Por que eu esperaria por um homem que pode acabar morto na floresta, ou baleado pelos errantes na pradaria, ou desmiolado na Cidade dos Shing, ou viajando para outra estrela por cem anos? Esperar pelo quê? Mas não pense que tomarei outro homem. Não tomarei. Vou ficar aqui, na casa do meu pai. Vou tingir fios de preto e urdir tecidos pretos para vestir, preto para usar e preto para morrer. Mas não vou esperar por nada nem ninguém. Nunca.

— Eu não tinha o direito de pedir isso a você — disse ele, com a humildade da dor.

— Ah, Falk, eu não te culpo! — gritou ela.

Estavam sentados juntos na leve encosta acima dos Campos Longos. Bodes e ovelhas pastavam pelo quilômetro de pasto cercado entre eles e a floresta. Potros jovens brincavam, correndo em círculos ao redor das éguas desgrenhadas. Um vento cinzento de novembro soprava.

As mãos dos dois estavam juntas. Parth tocou o anel dourado na mão esquerda dele.

— Um anel é algo que é dado — disse ela. — Às vezes eu penso, já pensou?, talvez você tivesse uma esposa. Pense, se ela estivesse esperando por você...

Ela estremeceu.

— E daí? — perguntou ele. — De que me importa o que pode ter sido, o que eu fui? Por que eu deveria partir daqui? Tudo o que sou agora é seu, Parth, veio de você, é seu presente...

— Foi dado de bom grado — disse a garota, chorando. — Leve-o e vá. Vá...

Eles se abraçaram, e nenhum dos dois quis se soltar.

■

A casa ficava bem para trás, oculta entre troncos escuros cobertos de geada e galhos desfolhados entrelaçados. As árvores se fechavam atrás da trilha.

O dia estava cinzento e frio, silencioso, exceto pelo murmúrio incessante do vento entre os galhos, um sussurro sem sentido nem direção, sem começo nem fim. Metock ia na frente, com passos longos e tranquilos. Falk o seguia, e o jovem Thurro vinha por último. Os três estavam vestidos de forma leve, mas quente, com camisas de capuz e calças de um material não tecido chamado *pano invernal*, sobre o qual nenhum casaco era necessário, mesmo na neve. Cada um carregava uma mochila leve com presentes e mercadorias para troca, saco de dormir e comida seca e concentrada o suficiente para sobreviver a um mês de nevasca. Buckeye, que nunca havia deixado a casa onde nascera, tinha muito medo de perigos e contratempos na floresta, e havia abastecido suas mochilas de acordo. Cada um carregava uma arma laser; e Falk levava alguns extras — um ou dois quilos de comida a mais; medicamentos, bússola, uma segunda arma, uma muda de roupa, uma corda; um livrinho que Zove lhe dera dois anos antes —, somando cerca de sete quilos de pertences, tudo o que possuía no mundo. Metock, ágil e incansável, corria à frente, e Falk seguia mais ou menos dez metros atrás, com Thurro vindo depois. Eles avançavam levemente, com pouco ruído, e atrás deles as árvores se aglomeravam imóveis sobre a trilha apagada, coberta de folhas.

Eles chegariam a Ransifel no terceiro dia. Na noite do segundo dia, estavam em um terreno diferente daquele ao redor da Casa de Zove. A floresta era mais aberta, o solo irregular. Clareiras cinzentas se estendiam pelas encostas acima de riachos cobertos por arbustos. Montaram acampamento em uma dessas áreas abertas, uma encosta voltada para o sul, pois o vento norte soprava mais forte, trazendo um prenúncio do inverno. Thurro trouxe braçadas de lenha seca enquanto os outros dois limpavam a grama cinzenta e empilhavam uma lareira rústica de pedras.

— Nós cruzamos uma divisa esta tarde. O riacho lá embaixo corre para oeste. Até o rio Interior, finalmente — informou Metock enquanto trabalhava.

Falk se aprumou e olhou para o oeste, mas as colinas baixas logo se erguiam e o céu baixo se fechava, sem deixar espaço para uma visão distante.

— Metock — disse ele —, estive pensando que não faz sentido eu continuar até Ransifel. Posso muito bem seguir meu caminho. Parecia haver uma trilha seguindo para oeste ao longo do grande riacho que cruzamos esta tarde. Vou voltar e segui-la.

Metock olhou para ele; não usou a mentefala, mas seu pensamento estava claro o suficiente: *Está pensando em voltar correndo para casa?*

Falk usou a mentefala para responder: *Não, droga, não estou!*

— Desculpe — disse o Irmão Mais Velho em voz alta, do seu jeito severo e escrupuloso. Ele não tentou esconder o fato de que estava feliz em ver Falk partir. Para Metock, nada importava muito além da segurança da casa; qualquer estranho era uma ameaça, mesmo aquele que conhecia há cinco anos, seu companheiro de caça e amante de sua irmã. — Eles vão te receber bem em Ransifel. Por que não partir de lá?

— Por que não daqui?

— Você quem sabe. — Metock encaixou a última pedra no lugar, e Falk começou a acender a fogueira. — Se aquilo que cruzamos era uma trilha, não sei de onde vem nem para onde vai. Amanhã cedo, cruzaremos um caminho de verdade, a velha Estrada de Hirand. A Casa Hirand ficava muito a oeste, pelo menos uma semana de caminhada; ninguém vai lá há uns sessenta ou setenta anos. Não sei por quê. Mas da última vez que passei por aqui, a trilha ainda era visível. A outra pode ser só uma trilha de animais e acabar te levando para longe ou te deixando preso em um pântano.

— Certo, vou tentar a Estrada de Hirand.

Fez-se uma pausa, e então Metock perguntou:

— Por que você está indo para o oeste?

— Porque Es Toch fica a oeste.

O nome, raramente pronunciado, soava vazio e estranho ali, sob o céu aberto. Thurro, que vinha chegando com uma braçada de lenha, lançou um olhar inquieto ao redor. Metock não perguntou mais nada.

Naquela noite, na encosta, junto à fogueira, Falk passou sua última noite com aqueles que considerava seus irmãos, seu próprio povo. Na manhã seguinte, partiram logo após o nascer do sol, e antes do meio-dia chegaram a uma trilha larga e coberta de mato, que se desviava para a esquerda do caminho para Ransifel. Ela era marcada por uma espécie de portal formado por dois enormes pinheiros. A sombra era densa e o silêncio absoluto sob seus galhos, onde eles pararam.

— Volte para nós, hóspede e irmão — disse o jovem Thurro, perturbado, mesmo em meio à sua euforia de noivo, pelo aspecto sombrio e vago da trilha que Falk tomaria.

— Me dê seu cantil — pediu Metock apenas e, em troca, entregou a Falk seu próprio cantil de prata ornamentado. Então se despediram, os dois seguindo para o norte, e ele, para o oeste.

Depois de caminhar um pouco, Falk parou e olhou para trás. Os outros já estavam fora de vista; a trilha para Ransifel desaparecera atrás das árvores jovens e da vegetação que cobria a Estrada de Hirand. A estrada parecia ser usada, ainda que raramente, mas não era mantida ou limpa havia muitos anos. Ao redor de Falk, nada era visível além da floresta, da vastidão selvagem. Ele estava sozinho sob as sombras das árvores sem fim. O solo era macio, coberto por folhas caídas de mil outonos; os imensos pinheiros e cicutas orientais deixavam o ar escuro e silencioso. Um ou outro floco de granizo dançava no vento moribundo.

Falk ajustou a alça de sua mochila e seguiu em frente.

Ao anoitecer, pareceu-lhe que já fazia muito, muito tempo desde que deixara a casa, que ela ficara a uma distância imensurável para trás, que ele sempre estivera sozinho.

Seus dias eram todos iguais. A luz cinzenta do inverno; o vento soprando; colinas e vales cobertos de floresta, longas encostas, riachos ocultos por moitas, várzeas pantanosas. Embora bastante tomada pelo mato, a Estrada de Hirand era fácil de seguir, pois traçava longas retas ou curvas suaves, evitando os pântanos e os picos mais altos. Nas colinas, Falk percebeu que a trilha seguia o percurso de uma grande estrada antiga, pois fora escavada diretamente através das elevações, e nem dois mil anos haviam conseguido apagá-la por completo. Mas as árvores cresciam nela, ao lado dela e por tudo ao redor, pinheiros, cicutas orientais, vastos emaranhados de azevinho nas encostas, extensas matas de faia, carvalho, nogueira, amieiro, freixo, olmo, todas dominadas pelos imponentes castanheiros, que só agora perdiam suas últimas folhas amarelo-escuras e deixavam cair seus frutos espinhentos ao longo da trilha. À noite, cozinhava o esquilo, o coelho ou a galinha selvagem que caçara entre a infinidade de pequenas presas que corriam e esvoaçavam ali, no reino das árvores; colhia nozes e amêndoas de faia, assava castanhas nas brasas de sua fogueira. Mas as noites eram difíceis. Havia dois sonhos terríveis que o perseguiam durante o dia e sempre o alcançavam à meia-noite. Num deles, ele era furtivamente seguido no escuro por alguém que nunca conseguia ver. O outro era pior. Sonhava que havia esquecido algo importante, algo essencial, sem o que estaria perdido. Ao despertar desse sonho, ele sabia que era verdade: estava perdido; era a si mesmo que havia esquecido. Então, reacendia a fogueira, se não estivesse chovendo, e se encolhia ao lado dela, sonolento e atordoado demais para pegar o livro que carregava, o Antigo Cânone, e buscar conforto nas palavras que diziam que, quando todos os caminhos se perdem, o Caminho se torna claro. Um homem completamente só é uma criatura miserável. E ele sabia que não era sequer um homem, mas, na melhor das hipóteses, um ser incompleto, tentando encontrar sua inteireza ao atravessar um continente sob estrelas indiferentes. Os dias eram todos iguais, mas, ainda assim, eram um alívio em comparação com as noites.

Ainda contava o passar dos dias, e foi no décimo primeiro após a bifurcação, o décimo terceiro desde o início de sua jornada, que chegou ao fim da Estrada de Hirand. Ali, um dia, tinha existido uma clareira. Encontrou passagem através de vastos trechos de amoras selvagens e bosques jovens de bétulas, até se deparar com quatro torres negras em ruínas que se projetavam altas entre as trepadeiras, os espinheiros e os cardos ressecados: as chaminés de uma casa desmoronada. Hirand agora não era nada; não passava de um nome. A estrada terminava nas ruínas.

Ele permaneceu por algumas horas naquele lugar arruinado, retido ali apenas pelo tênue vestígio de presença humana. Encontrou alguns fragmentos de maquinário enferrujado, cacos de cerâmica quebrada que duram mais até do que os ossos dos homens, e um retalho de tecido apodrecido que se desfez em pó em suas mãos. Por fim, ele se recompôs e procurou uma trilha que saísse da clareira rumo oeste. Foi então que achou algo estranho:

um campo de quase um quilômetro quadrado coberto por uma substância vítrea, perfeitamente lisa e nivelada, de um tom violeta-escuro, impecável. A terra já começava a engolir suas bordas, e folhas e galhos se espalhavam sobre a superfície, mas ela permanecia intacta, sem um único arranhão. Era como se um imenso espaço plano tivesse sido inundado com ametista derretida. O que teria sido aquilo? Uma pista de lançamento para algum veículo inimaginável? Um espelho para sinalizar outros mundos? A base de um campo de força? O que quer que fosse, trouxera a ruína para Hirand. Foi uma obra grandiosa demais para ser permitida pelos shing.

Falk passou por ela e entrou na floresta, agora sem trilha alguma a seguir.

Aquelas eram matas limpas, compostas de árvores decíduas majestosas e bem espaçadas entre si. Ele caminhou em um bom ritmo pelo resto do dia e pela manhã seguinte. O terreno voltava a se encher de encostas, as cristas das colinas se alinhando de norte a sul em seu caminho, e por volta do meio-dia, ao tentar atravessar o que parecia ser o ponto mais baixo da próxima elevação, acabou enredado num vale pantanoso repleto de riachos. Procurou passagens rasas, atolou-se em campos encharcados, tudo isso sob uma chuva fria e pesada. Por fim, ao encontrar um caminho para fora daquele vale sombrio, o tempo começou a se abrir; enquanto subia a encosta, o sol rompeu as nuvens à sua frente, lançando um brilho invernal dourado através dos galhos nus, iluminando os troncos imensos e o chão úmido com reflexos dourados. Aquilo o animou; ele seguiu em frente com mais vigor, planejando caminhar até o cair da noite antes de acampar. Tudo estava claro agora, e um silêncio absoluto pairava, quebrado apenas pelo gotejar da chuva nas pontas dos galhos e pelo piado melancólico de um chapim ao longe. Foi então que ouviu à sua esquerda, como em seu sonho, os passos que o seguiam.

Um carvalho caído, que antes fora um obstáculo, tornou-se, num único instante de sobressalto, um abrigo: ele se jogou atrás do tronco e, com a arma em punho, disse em voz alta:

— Apareça já

Por um longo momento, nada se moveu.

Apareça!, disse Falk com a mentefala, mas logo fechou sua mente para recepção, pois temia o que poderia ouvir. Sentiu uma presença estranha; um leve cheiro rançoso no vento.

Um javali selvagem saiu das árvores, cruzou os rastros de Falk e parou para farejar o chão. Era um porco grotesco e magnífico, com ombros poderosos, pelos dorsais arrepiados, patas delgadas rápidas e sujas. Sobre o focinho e as presas, coberto de cerdas duras, dois pequenos olhos brilhantes se voltaram para Falk.

— Aah, aah, aah, homem, aah — grunhiu a criatura, farejando.

Os músculos tensos de Falk responderam com um espasmo e sua mão apertou o cabo da pistola laser. Mas ele não atirou. Um javali ferido era um inimigo veloz e perigosíssimo. Ficou ali agachado, absolutamente imóvel.

— Homem, homem — disse o porco selvagem, sua voz grossa e retumbante saindo do focinho cheio de cicatrizes. — Pense para mim. Pense para mim. Palavras são difíceis para mim.

A mão de Falk agora tremia na pistola. De súbito, ele falou em voz alta:

— Então não fale. Não usarei a mentefala. Siga seu caminho de porco.

— Aah, aah, homem, me chame pessoalmente!

— Vá, ou eu atiro. — Falk ficou de pé, sua arma apontada com firmeza.

Os olhinhos brilhantes do porco observaram a arma.

— É errado tirar uma vida — disse o porco.

Falk havia recuperado o juízo e desta vez não respondeu, certo de que o animal não entendia palavras.

— Vá! — ordenou, movendo um pouco a arma e reajustando a mira.

O javali baixou a cabeça, hesitou. Então, com uma velocidade incrível, como se fosse liberado pelo rompimento de uma corda, deu meia-volta e correu na direção de onde havia vindo.

Falk ficou imóvel por um momento e, quando se virou para continuar, manteve a arma pronta em sua mão, que tremia um pouco novamente. Havia histórias antigas de animais falantes, mas as pessoas da Casa de Zove as consideravam apenas histórias. Ele sentiu uma breve náusea e um desejo igualmente breve de rir alto.

— Parth — sussurrou, pois precisava falar com alguém. — Acabei de receber uma aula de ética de um porco selvagem... Ah, Parth, será que conseguirei sair da floresta? Será que ela tem fim?

Ele continuou subindo as encostas íngremes e cheias de arbustos da colina. No topo, a floresta começou a rarear, e em meio às árvores ele viu a luz do sol e o céu. Mais alguns passos e ele saiu de debaixo dos galhos, na borda de um declive verde que descia até um extenso pomar e campos arados e, finalmente, até um rio largo e límpido. Do outro lado do rio, um rebanho de cinquenta ou mais cabeças de gado pastava em um longo prado cercado, acima do qual campos de feno e pomares subiam íngremes em direção à crista ocidental cercada por árvores. Um pouco ao sul de onde Falk estava, o rio fazia uma curva suave ao redor de uma colina baixa em cujo topo, dourado pelo sol baixo do fim de tarde, erguiam-se as chaminés vermelhas de uma casa.

Parecia um fragmento de outra era, uma era dourada, preservada naquele vale e esquecida pelos séculos que passaram, protegida da grande desordem selvagem da floresta desolada. Refúgio, companheirismo e, acima de tudo, ordem: o trabalho do homem. Uma espécie de fraqueza de alívio tomou conta de Falk ao ver fumaça saindo daquelas chaminés vermelhas. Uma lareira... Ele correu pela longa encosta e atravessou o pomar mais baixo até uma trilha que serpenteava ao longo da margem do rio entre bétulas e salgueiros dourados. Não se via nenhum ser vivo, exceto o gado castanho-avermelhado pastando do outro lado do rio. O silêncio da paz preenchia o vale invernal ensolarado. Diminuindo o ritmo, ele caminhou entre hortas até a porta mais próxima da casa. Quando contornou o outeiro, o lugar surgiu diante dele, com paredes de tijolo avermelhado e pedra refletindo na água agitada onde o rio fazia a curva. Ele parou, um pouco intimidado, pensando que seria melhor chamar por alguém em voz alta na frente da casa antes de avançar mais. Um movimento em uma janela aberta logo acima da porta que se profundava na parede chamou sua atenção. Enquanto permanecia ali parado, hesitante, olhando para cima, sentiu uma dor súbita, profunda e aguda atravessar seu peito logo abaixo do esterno: ele cambaleou e então caiu, dobrando-se feito uma aranha esmagada.

A dor durara apenas um instante. Ele não perdeu a consciência, mas não conseguia se mover ou falar.

Havia pessoas ao seu redor; ele podia vê-las, vagamente, através de ondas de cegueira, mas não conseguia ouvir nenhuma voz. Era como se tivesse ficado surdo, e seu corpo estava completamente entorpecido. Ele se esforçou para pensar em meio a essa privação dos sentidos. Estava sendo carregado para algum lugar e não conseguia sentir as mãos que o levavam; uma vertigem horrível o dominou e, quando passou, ele havia perdido todo o controle de seus pensamentos, que disparavam e balbuciavam e tartamudeavam. Vozes começaram a se engrolar e zumbir dentro de sua mente, embora o mundo ao seu redor flutuasse e se afastasse, indistinto e silencioso. *Quem é você é você onde você vem de Falk indo para onde você está eu não sei você é um homem indo para o oeste indo eu não sei onde o caminho olhos um homem não um homem...* Ondas e ecos e palavras voando como pardais, exigências, respostas, estreitando-se, sobrepondo-se, dando voltas, chorando, morrendo em um silêncio cinzento.

Uma superfície de escuridão jazia diante de seus olhos. Uma borda de luz a delineava.

Uma mesa; a borda de uma mesa. Iluminada por uma lâmpada, em um quarto escuro.

Ele começou a ver, a sentir. Estava em uma cadeira, em um quarto escuro, ao lado de uma mesa longa sobre a qual havia uma lâmpada. Estava amarrado à cadeira: podia sentir a corda afundar nos músculos de seu peito e braços quando se moveu um pouco. Movimento: um homem brotou à sua esquerda, outro à sua direita. Estavam sentados como ele, próximos da mesa. Eles se inclinaram para a frente e falaram um com o outro, na frente dele. Suas vozes soavam como se viessem de trás de muros altos, muito distantes, e ele não conseguia entender as palavras.

Ele tremeu de frio. Com a sensação de frio, Falk se conectou mais profundamente com o mundo e começou a recuperar o controle de sua mente. Sua audição ficou mais clara, sua língua se soltou. Ele disse algo que deveria ser:

— O que vocês fizeram comigo?

Não houve resposta, mas logo o homem à sua esquerda aproximou bastante seu rosto do de Falk.

— Por que você veio para cá? — perguntou em voz alta.

Falk ouviu as palavras; depois de um momento, ele as entendeu; depois de outro momento, respondeu.

— Por refúgio. À noite.

— Refúgio de quê?

— Floresta. Sozinho.

Ele era cada vez mais penetrado pelo frio. Conseguiu levantar um pouco as mãos pesadas e desajeitadas, tentando abotoar sua camisa. Por baixo das tiras que o prendiam à cadeira, logo abaixo do esterno, havia um pequeno ponto dolorido.

— Mantenha as mãos abaixadas — disse das sombras o homem à sua direita. — É mais do que programação, Argerd. Nenhum bloqueio hipnótico resistiria ao penton dessa forma.

O homem à sua esquerda, de rosto largo e olhos ágeis, um homem grande, respondeu com uma voz fraca e sibilante:

— Você não tem como saber disso. O que sabemos sobre os truques deles? De qualquer forma, como você pode estimar a resistência dele, o que ele é? Você, Falk, onde fica esse lugar de onde você veio, a Casa de Zove?

— Ao leste. Eu parti… — O número não vinha à mente. — Catorze dias atrás, acho.

Como eles sabiam o nome de sua casa, o seu nome? Ele estava recuperando o juízo agora e não teve que se perguntar por muito tempo. Ele havia caçado veados com Metock usando dardos hipodérmicos, que podiam transformar até um arranhão em algo fatal. O dardo que o derrubou, ou uma injeção posterior, quando ele estava indefeso, deveria ser alguma droga que relaxava tanto o controle aprendido quanto o bloqueio inconsciente primitivo dos centros telepáticos do cérebro, deixando-o aberto a interrogatórios paraverbais. Eles haviam vasculhado sua mente. Ante essa ideia, sua sensação de frio e mal-estar aumentou, complicada por uma indignação impotente. Por que essa violação? Por que tinham presumido que Falk mentiria para eles, antes mesmo de falar com ele?

— Vocês pensaram que eu era um shing? — perguntou.

O rosto do homem à sua direita, magro, de cabelos longos e barbudo, surgiu de repente à luz da lâmpada, os lábios retraídos, e sua mão aberta atingiu Falk na boca, jogando sua cabeça para trás e cegando-o por um momento devido ao choque. Seus ouvidos zumbiam; ele sentiu o gosto de sangue. Houve um segundo golpe e um terceiro. O homem sibilava sem parar:

— Você não diz esse nome, não diz, você não diz, você não diz...

Falk lutou para se defender, para se libertar, impotente. O homem à sua esquerda falou com firmeza. Então fez-se silêncio por algum tempo.

— Eu não quis causar nenhum mal vindo para cá — disse finalmente Falk, o mais firme que pôde, apesar de sua raiva, dor e medo.

— Certo — disse o da esquerda, Argerd. — Vá em frente e conte sua historinha. O que você queria vindo para cá?

— Pedir abrigo por uma noite. E perguntar se existe alguma trilha para o oeste.

— Por que você está indo para o oeste?

— Por que você pergunta? Eu disse a vocês na mente-fala, onde não há mentira. Vocês conhecem minha mente.

— Você tem uma mente estranha — comentou Argerd com sua voz fraca. — E olhos estranhos. Ninguém vem para cá para se abrigar por uma noite ou perguntar o caminho ou por qualquer outra coisa. Ninguém vem para cá. Quando os servos dos Outros vêm aqui, nós os matamos. Matamos homens-instrumento, e as bestas falantes, e errantes, e porcos, e pragas. Nós não obedecemos à lei que diz que é errado tirar uma vida... não é, Drehnem?

O de barba sorriu, mostrando dentes amarronzados.

— Somos homens — disse Argerd. — Homens, homens livres, matadores. E você, o que é, com essa mente pela metade e esses olhos de coruja? Por que não deveríamos matá-lo? Você é um homem?

No curto espaço de sua memória, Falk nunca havia se deparado diretamente com crueldade ou ódio. As poucas pessoas que conhecera, se não eram destemidas, ao menos não eram dominadas pelo medo; eram generosas e familiares. Diante desses dois homens, ele sabia que estava tão indefeso quanto uma criança, e essa consciência tanto o confundia quanto o enfurecia.

Procurou alguma defesa ou saída, mas não encontrou nenhuma. Tudo o que podia fazer era falar a verdade.

— Não sei o que sou nem de onde vim. Vou tentar descobrir.

— Vai aonde?

Ele olhou de Argerd para o outro, Drehnem. Sabia que ambos conheciam a resposta, e que Drehnem o golpearia outra vez se ele falasse.

— Responda! — murmurou o de barba, levantando parcialmente e se inclinando para a frente.

— Para Es Toch — disse Falk, e outra vez Drehnem o atingiu no rosto, e outra vez ele suportou o golpe com a silenciosa humilhação de uma criança punida por estranhos.

— Isso não adianta; ele não vai dizer nada diferente do que já conseguimos dele sob a influência do penton. Deixe-o se levantar.

— E depois? — perguntou Drehnem.

— Ele veio em busca de abrigo por uma noite; que receba isso. Levante-se!

A tira que o prendia à cadeira foi solta. Ele se levantou com dificuldade. Quando viu a porta e as escadas escuras para as quais eles o empurravam, tentou resistir e fugir, mas seus músculos ainda não lhe obedeciam. Drehnem o forçou para baixo até quase se agachar, torcendo-lhe o braço, e o empurrou pela porta. Ela bateu com força enquanto ele, cambaleando, tentava manter o equilíbrio nos degraus.

Estava escuro, escuro como breu. A porta parecia selada, sem maçaneta deste lado, sem uma fresta de luz debaixo dela, sem som algum. Falk se sentou no degrau mais alto e descansou a cabeça nos braços.

Com o tempo, a fraqueza de seu corpo e a confusão de sua mente foram passando. Ergueu a cabeça, esforçando-se para enxergar. Sua visão noturna era extraordinariamente aguçada em função, como Ranya já havia apontado, de seus olhos com grandes pupilas e íris. No entanto, apenas manchas e borrões de imagens residuais atormentavam seus olhos; ele não conseguia ver nada, pois não havia luz. Levantou-se e, passo a passo, percorreu lentamente a descida estreita e invisível.

Vinte e um degraus, dois, três... plano. Terra. Falk avançou devagar, a mão estendida, ouvindo.

Embora a escuridão fosse uma espécie de pressão física, uma opressão, iludindo-o constantemente com a ideia de que, se olhasse com atenção suficiente, conseguiria enxergar, ele não tinha medo dela em si. Metodicamente, por meio de passos, tato e audição, ele mapeou uma parte do vasto porão em que se encontrava, o primeiro cômodo de uma série que, a julgar pelos ecos, parecia continuar indefinidamente. Encontrou o caminho de volta até a escada que, por ter sido seu ponto de partida, era sua base. Ele se sentou, desta vez no degrau mais baixo, e ficou parado. Estava com fome e muita sede. Eles haviam levado sua mochila e não lhe deixaram nada.

É culpa sua, disse Falk a si mesmo com amargura, e uma espécie de diálogo começou em sua mente:

O que eu fiz? Por que eles me atacaram?

Zove te avisou: não confie em ninguém. Eles não confiam em ninguém, e estão certos.

Mesmo alguém que vem sozinho pedindo ajuda?

Com esse seu rosto, esses seus olhos? Quando é óbvio, mesmo de relance, que você não é um ser humano normal?

Ainda assim, eles poderiam ter me dado um gole de água, disse a parte talvez infantil e ainda destemida de sua mente.

Você tem muita sorte de não terem te matado à primeira vista, replicou seu intelecto, e não houve mais resposta.

Todas as pessoas da Casa de Zove, é claro, haviam se acostumado com a aparência de Falk, e os visitantes eram raros e circunspectos, de modo que ele nunca fora forçado a encarar sua diferença física em relação ao padrão humano. Ela lhe parecia uma diferença e uma barreira muito menores do que a amnésia e a ignorância que o isolaram por tanto tempo. Agora, pela primeira vez, ele percebia que um estranho, ao olhar para seu rosto, não veria o rosto de um homem.

Aquele chamado Drehnem o temera e o havia golpeado porque estava com medo e sentia repulsa pelo alienígena, pelo monstruoso, pelo inexplicável.

Era exatamente o que Zove havia tentado lhe dizer quando o avisara com uma advertência grave e quase terna: *Você deve ir sozinho, você só pode ir sozinho.*

Não havia nada a fazer agora, a não ser dormir. Ele se encolheu o melhor que pôde no degrau mais baixo, pois o chão de terra estava úmido, e fechou os olhos para a escuridão.

Algum tempo depois, na atemporalidade, ele foi acordado pelos ratos. Eles corriam por ali, fazendo um ruído leve, ínfimo, um arranhar em ziguezague pelo escuro, sussurrando em vozes muito baixinhas, bem perto do chão:

— É errado tirar uma vida é errado tirar uma vida olá oooooláá não nos mate não mate.

— Mato, sim! — rugiu Falk, e todos os ratos ficaram em silêncio.

Foi difícil adormecer novamente; ou talvez o difícil fosse saber se estava dormindo ou acordado. Ele se deitou e se perguntou se era dia ou noite; por quanto tempo o deixariam ali e se pretendiam matá-lo, ou usar aquela droga de novo até que sua mente fosse destruída, não apenas violada; quanto tempo a sede levaria para passar de desconforto a tormento; como alguém poderia capturar ratos no escuro sem armadilha ou isca; quanto tempo alguém poderia sobreviver com uma dieta de rato cru.

Várias vezes, para se livrar de seus pensamentos, ele foi explorar novamente. Encontrou um grande tonel ou barril virado para cima e seu coração pulou de esperança, mas ele soou oco: tábuas estilhaçadas perto do fundo arranharam suas mãos quando as apalpou. Ele não conseguiu encontrar outras escadas ou portas em suas explorações cegas das intermináveis paredes invisíveis.

Falk finalmente se perdeu e não conseguiu encontrar as escadas outra vez. Sentou-se no chão na escuridão e imaginou a chuva caindo lá fora na floresta de sua jornada solitária, a luz cinzenta e o som da chuva. Ele recitou em sua mente tudo o que conseguia se lembrar do Antigo Cânone, começando do início:

O caminho que pode se perder
não é o Caminho eterno...

Sua boca estava tão seca depois de um tempo que ele tentou lamber o chão de terra úmida em busca de refresco; para a língua, porém, era apenas poeira seca. Os ratos se aproximavam bastante dele às vezes, sussurrando.

Longe dali, por longos corredores de escuridão, ferrolhos bateram e metal retiniu, um clangor brilhante e penetrante de luz. Luz...

Formas e sombras vagas, abóbadas, arcos, tonéis, vigas, aberturas, avolumaram-se e se impuseram em uma realidade difusa ao seu redor. Cambaleando, ele se pôs de pé e abriu caminho, instável, mas correndo, em direção à luz.

Ela vinha de uma porta baixa pela qual, quando ele se aproximou, pôde ver um terreno elevado, copas de árvores e o céu rosado do entardecer ou do amanhecer, que ofuscou seus olhos como um meio-dia de verão. Ele parou pouco antes da porta por causa daquele ofuscamento e porque uma figura imóvel estava parada logo do lado de fora.

— Saia — disse a voz fraca e rouca do homem grande, Argerd.

— Espere. Ainda não consigo ver.

— Saia. E continue andando. Nem mesmo vire a cabeça, ou eu a arranco do seu pescoço.

Falk foi até a porta, então hesitou novamente. Os pensamentos que tivera no escuro serviam para algum propósito agora. Se o deixassem ir, ele havia pensado, isso significava que tinham medo de matá-lo.

— Ande!

Ele arriscou.

— Não sem minha mochila — disse, a voz fraca em sua garganta seca.

— Isto é um laser.

— Você pode muito bem usá-lo. Não tenho como atravessar o continente sem a minha arma.

Agora era Argerd quem hesitava. No fim, erguendo a voz até ser quase um berro, ele gritou para alguém:

— Gretten! Gretten! Traga as coisas do estranho para cá!

Uma longa pausa. Falk ficou na escuridão, do lado de dentro da porta, e Argerd, imóvel, do lado de fora. Um garoto desceu correndo a encosta gramada visível da porta, jogou a mochila de Falk no chão e desapareceu.

— Pegue-a — ordenou Argerd; Falk saiu para a luz e obedeceu. — Agora vá.

— Espere — murmurou Falk, ajoelhando-se e vasculhando rapidamente o pacote desarrumado e desamarrado. — Cadê meu livro?

— Livro?

— O Antigo Cânone. Um manual, não eletrônico…

— Você acha que te deixaríamos ir embora daqui com aquilo?

Falk o encarou.

— Vocês não reconhecem os Cânones do Homem quando o veem? O que acharam que era?

— Você não sabe e não vai descobrir o que sabemos, e se não começar a andar, vou queimar suas mãos. Levante-se e continue, vá em frente, ande!

O tom estridente tinha voltado à voz de Argerd, e Falk percebeu que quase o levara longe demais. Quando viu o olhar de ódio e medo no rosto pesado e inteligente de Argerd, sentiu-se contagiado por aquilo, e rapidamente fechou e colocou a mochila nas costas, passou pelo homenzarrão e começou a subir a encosta gramada da porta dos porões. A luz era a do entardecer, um pouco após o pôr do sol. Falk caminhou em direção a ele. Uma fina tira elástica de pura tensão parecia conectar sua nuca ao cano da pistola laser que Argerd segurava, esticando-se, esticando-se enquanto ele caminhava. Atravessou um gramado cheio de ervas daninhas, passou por uma ponte de tábuas soltas sobre o rio, subiu por uma trilha entre os pastos e depois entre os pomares. Ele chegou ao topo da colina. Lá, olhou para trás por um momento, vendo o vale escondido como o vislumbrara pela primeira vez, cheio da luz dourada do entardecer, doce e pacífico, chaminés altas sobre o rio que refletia o céu. Apressou-se a entrar na escuridão da floresta, onde já era noite.

Sedento e faminto, dolorido e desanimado, Falk viu sua jornada sem rumo pela Floresta Oriental estender-se à sua frente, agora sem a mais vaga esperança de uma lareira amistosa em algum lugar ao longo do caminho para quebrar a dura e selvagem monotonia. Ele não deveria procurar uma estrada, mas sim evitar todas elas e se esconder dos homens e de suas moradias como qualquer fera selvagem. Apenas uma coisa o animava um pouco, além de um riacho para beber e de algumas rações de viagem em sua mochila, e era o pensamento de que, embora ele mesmo tivesse causado o problema, não havia se submetido. Havia blefado com o javali moral e com o homem brutal em seu próprio terreno e escapara ileso. Isso o encorajava; pois ele se conhecia tão pouco que todos os seus atos também eram atos de autodescoberta, como os de um menino, e sabendo que lhe faltava tanto, ficou feliz em descobrir que, pelo menos, não lhe faltava coragem.

Depois de beber, comer e beber novamente, ele continuou, sob um luar fragmentado que bastava para seus olhos, até colocar um quilômetro ou mais de terreno acidentado entre ele e a Casa do Medo, como passou a chamar aquele lugar. Então, exausto, deitou-se para dormir na borda de uma pequena clareira, sem fazer fogueira nem abrigo, olhando para o céu de inverno banhado pela lua. Nada rompia o silêncio, exceto, de vez em quando, o suave chamado de uma coruja caçadora. E essa desolação lhe pareceu tranquila e abençoada após o porão escuro e sem luz da Casa do Medo, atormentado por vozes e movimentos.

Conforme avançava para o oeste através das árvores e dos dias, já não contava mais nem um nem outro. O tempo passava; ele seguia adiante.

O livro não era a única coisa que ele havia perdido; eles tinham ficado com o cantil de prata de Metock e uma caixinha, também de prata, de unguento desinfetante. Eles só podiam ter ficado com o livro porque o queriam muito, ou porque o consideravam algum tipo de código ou mistério. Houve um período em que a perda do livro pesou desproporcionalmente sobre ele, pois parecia-lhe que havia sido seu único elo verdadeiro com as pessoas a quem amara e confiara, e uma vez ele disse a si mesmo, sentado ao lado de sua fogueira, que no dia seguinte voltaria e encontraria a Casa do Medo de novo para recuperar seu livro. Mas, no dia seguinte, ele seguiu em frente. Ele era capaz de ir para o oeste com a bússola e o sol como guias, mas jamais poderia ter reencontrado um lugar específico na vastidão dessas colinas e vales intermináveis da floresta. Nem o vale escondido de Argerd; nem a Clareira onde Parth poderia estar tecendo sob a luz do sol de inverno. Tudo havia ficado para trás, perdido.

Talvez fosse melhor que o livro tivesse desaparecido. O que ele significaria para Falk ali, aquele misticismo perspicaz e paciente de uma civilização muito antiga, aquela voz calma falando em meio a guerras e desastres esquecidos? A humanidade sobrevivera ao desastre; e ele havia deixado a humanidade para trás. Estava longe demais, sozinho demais. Vivia agora inteiramente da caça; isso diminuía seu ritmo diário. Mesmo quando a caça é bem abundante e não é tímida, caçar não é algo que se possa apressar. Depois é preciso limpar e cozinhar a caça, sentar e chupar os ossos ao lado da fogueira, de barriga cheia por um tempo e sonolento no frio do inverno; construir um abrigo de galhos e cascas de árvore contra a chuva; dormir; e no dia seguinte, seguir adiante. Um livro não tinha lugar ali, nem mesmo aquele antigo Cânone da Inação. Ele não o teria lido; estava, na verdade, parando de pensar. Caçava e comia e caminhava e dormia, silencioso no silêncio da floresta, uma sombra cinza deslizando para o oeste através da vastidão fria.

O tempo estava cada vez mais severo. Muitas vezes, gatos selvagens magros, criaturinhas bonitas com sua pelagem malhada ou listrada e olhos verdes, esperavam à vista de sua fogueira pelos restos de sua carne e avançavam com uma ferocidade astuta e tímida para levar os ossos que ele lhes jogava: suas presas de roedores eram escassas agora, hibernando no frio. Nenhum animal desde a Casa do Medo havia falado com ele ou o chamado pessoalmente. Os animais nas belas e geladas florestas de planície que ele agora atravessava nunca haviam sido manipulados, talvez nunca tivessem visto ou cheirado um homem. E, à medida que aquele lugar ficava cada vez mais para trás, ele via com mais clareza a estranheza dele, aquela casa escondida em seu vale pacífico, seus próprios alicerces vivos com ratos que guinchavam na língua humana, seu povo revelando um grande conhecimento, a droga da verdade e uma ignorância bárbara. O Inimigo estivera por lá.

Que o Inimigo alguma vez tivesse estado ali, onde ele estava agora, era duvidoso. Ninguém jamais estivera ali. Ninguém jamais estaria. Gaios gritavam nos galhos cinzentos. Folhas marrons cobertas de geada estalavam sob seus pés, as folhas de centenas de outonos. Um veado alto olhou para Falk do outro lado de uma pequena clareira, imóvel, questionando seu direito de estar ali.

— Não vou atirar em você. Peguei duas galinhas esta manhã — disse Falk.

O veado olhou para ele com a autoconfiança majestosa daqueles isentos de fala e afastou-se lentamente. Nada temia Falk aqui. Nada falava com ele. Pensou que, no final, poderia voltar a esquecer a fala e tornar-se como era antes, estúpido, selvagem, desumano. Ele havia se distanciado demais dos homens e chegara onde as criaturas estúpidas governavam e os homens nunca haviam pisado.

Na beira da clareira, ele tropeçou em uma pedra e, de joelhos, leu letras desgastadas pelo tempo gravadas no bloco semienterrado: CK O.

Homens haviam estado ali; haviam vivido ali. Sob seus pés, sob o terreno gelado e acidentado de arbustos sem folhas e árvores nuas, sob as raízes, havia uma cidade. Só que ele chegara a ela um ou dois milênios tarde demais.

III

Os dias, que Falk já nem contava mais, haviam se encurtado bastante, e talvez o Fim do Ano, o solstício de inverno, já tivesse passado. Embora o clima não estivesse tão severo quanto nos tempos em que a cidade ficava acima do solo, já que este era um ciclo meteorológico mais quente, a paisagem continuava sombria e acinzentada. Nevava com frequência, não o bastante para dificultar a caminhada, apenas o suficiente para que Falk soubesse que, sem as roupas de inverno e o saco de dormir da Casa de Zove, teria enfrentado mais do que simples desconforto com o frio. O vento norte soprava incansável e cortante, forçando-o a seguir um pouco mais para o sul e, sempre que possível, ele escolhia um caminho a sudoeste em vez de encarar a ventania de frente.

Numa tarde escura e miserável de chuva e granizo, ele avançava penosamente por um vale de riacho que descia para o sul, lutando contra a vegetação densa e espinhosa sobre um solo rochoso e enlameado. Do nada, a mata rareou, e ele parou abruptamente. Diante dele estendia-se um grande rio com o brilho embotado sob a chuva fina. A névoa úmida obscurecia parcialmente a margem baixa do outro lado. A vastidão e a imponência daquela corrente silenciosa de águas escuras, fluindo para o oeste sob o céu pesado, deixaram-no impressionado. Por um instante, pensou que fosse o rio Interior, um dos poucos marcos do coração do continente conhecidos por boatos nas Casas da Floresta Oriental. Mas diziam que esse rio corria para o sul, delimitando a fronteira ocidental do reino das árvores. Logo, deveria ser um afluente do rio Interior. Ele decidiu segui-lo, tanto por essa razão quanto pelo fato de que o rio o mantinha longe das colinas altas e oferecia água e boas oportunidades de caça. Além disso, era um alívio poder caminhar, às vezes, por uma margem arenosa, com o céu aberto lá no alto, em vez da escuridão interminável dos galhos sem folhas. Assim, acompanhando o curso do rio, rumou para sudoeste por uma terra ondulada de bosques, fria, imóvel e descolorida sob o domínio do inverno.

Numa dessas manhãs à beira do rio, Falk abateu uma galinha selvagem, tão comuns ali, voando baixo e grasnando em bandos barulhentos, que eram sua principal fonte de carne. Mas o tiro só a atingiu de raspão, e quando ele a pegou, ainda estava viva. A ave bateu as asas com força e soltou um grito agudo:

— Tirar... vida... tirar... vida... tirar...

Ele torceu o pescoço da ave.

As palavras ecoaram em sua mente, impossíveis de ignorar. Da última vez que um animal lhe falara, ele estivera à porta da Casa do Medo. Em algum lugar dessas colinas solitárias e cinzentas havia, ou houvera, gente: talvez um grupo escondido, como a casa de Argerd, ou errantes selvagens que o matariam assim que vissem seus olhos estranhos. Ou ainda os homens-instrumento, que o entregariam aos seus Senhores como prisioneiro ou escravo. Embora no fim das contas, talvez tivesse que encarar esses Senhores, ele o faria do seu jeito, no seu tempo, e sozinho. Não confie em ninguém. Evite os homens. Agora ele aprendera bem essa lição. Seguiu o dia inteiro com extrema cautela, alerta, tão silencioso que, às vezes, as aves aquáticas que lotavam as margens do rio só percebiam sua presença quando quase tropeçavam nele e levantavam voo assustadas.

Não encontrou trilha alguma, nenhum vestígio de que pessoas morassem ou sequer passassem por ali. Mas, ao final da curta tarde, um bando de aves selvagens de plumagem verde com tons de bronze ergueu voo diante dele sobre a água, grasnando e cacarejando num balbucio de palavras humanas.

Um pouco mais à frente, ele parou. Achou ter sentido cheiro de fumaça de lenha no vento.

O vento soprava rio acima, do noroeste. Ele prosseguiu com o dobro da cautela. Então, quando a noite se ergueu entre os troncos das árvores e borrou as sombras escuras do rio, um brilho distante surgiu na margem cheia de salgueiros, cintilou, apagou-se e tornou a aparecer.

Não foi o medo, nem sequer a prudência, que o fez parar e encarar aquela luz ao longe. Além da sua própria fogueira solitária, ele não via uma única chama acesa na vastidão selvagem desde que deixara a Clareira. O brilho o tocou de um jeito estranho, pulsando à distância no crepúsculo.

Paciente como qualquer animal da floresta, esperou até que a noite caísse por completo e então avançou devagar, sem ruído, ao longo da margem, sempre sob a proteção dos salgueiros, até estar perto o bastante para enxergar um quadrado de janela, amarelo com a luz do fogo. Acima, o pico do telhado coberto por uma borda de neve se suspendia dos pinheiros. Órion pairava gigante sobre a floresta escura e o rio. A noite de inverno estava fria e silenciosa. De vez em quando, um floco de neve seca se desprendia de um galho, flutuava na escuridão e captava o brilho do fogo antes de desaparecer.

Falk ficou ali, contemplando a luz na cabana. Aproximou-se mais um pouco, depois parou, imóvel, por um longo tempo.

A porta da cabana rangeu ao se abrir, lançando um leque dourado sobre o chão escuro, levantando pequenos redemoinhos de neve fina que brilharam no ar.

— Venha para a luz — disse um homem, parado ali, vulnerável, no dourado oblongo da entrada.

Na escuridão dos arbustos, Falk pousou a mão sobre o laser, sem fazer qualquer outro movimento.

— Eu mentescutei você. Sou um Ouvinte. Venha. Não há nada a temer aqui. Você fala esta língua?

Silêncio.

— Espero que sim, porque não vou mentefalar. Não tem ninguém aqui além de você e eu — continuou a voz calma. — Eu ouço sem me esforçar, como você ouve com os ouvidos. E ainda escuto você aí fora, no escuro. Se quiser um teto por um tempo, bata à porta.

A porta se fechou.

Falk ficou parado por um bom tempo. Então, cruzou os poucos metros de escuridão até a entrada da pequena cabana e bateu.

— Entre!

Ele abriu a porta e foi envolvido pelo calor e pela luz.

Um idoso de cabelos grisalhos trançados e caídos pelas costas estava ajoelhado junto à lareira, alimentando o fogo. Não se virou para olhar para o estranho, apenas continuou a empilhar a lenha, metódico. Depois de um tempo, recitou em voz alta, num canto lento.

Só eu estou confuso
confuso
desolado
Ah, como o mar
à deriva
Ah, sem porto
para atracar…

Por fim, a cabeça grisalha se ergueu. O idoso sorria. Seus olhos estreitos e brilhantes lançaram um olhar de soslaio para Falk.

Com a voz rouca e hesitante, desacostumada ao uso das palavras, Falk respondeu com o próximo verso do Antigo Cânone.

Todo mundo é útil
só eu
sou inepto
estranho.
Só eu sou diferente dos outros
mas busco
o leite da Mãe
o Caminho…

— Ha ha ha! — exclamou o velho. — Busca mesmo, Olhos Amarelos? Venha, sente-se aqui junto à lareira. Estranho, sim, sim, sem dúvida. Você é estranho. Mas quão estranho para esta terra? Quem sabe? Há quanto tempo não toma um banho quente? Quem sabe? Onde diabos está a chaleira? Está frio lá fora esta noite, frio como o beijo de um traidor. Ah, aqui está. Encha isso ali no balde perto da porta, vá, e eu ponho no fogo. Pronto. Sou um thurrodowista. Vejo que sabe o que é isso, então não espere muito conforto por aqui. Mas um banho quente é um banho quente, seja fervido com fusão de hidrogênio ou com nós de pinho, não é? Sim, rapaz, você é bem estranho, e suas roupas também estão precisando de um banho, mesmo sendo impermeáveis. O que é isso? Coelhos? Ótimo. Amanhã faremos um ensopado com uns vegetais. Vegetais são uma coisa que você não pode caçar com uma pistola laser. E não dá para guardar repolhos na mochila. Vivo sozinho aqui, meu rapaz, sozinho e solitônio. Porque sou um grande, um grandíssimo, o maior de todos os Ouvintes, vivo sozinho e falo demais. Não nasci aqui, feito cogumelo no meio do mato. Mas, entre os homens, nunca consegui calar as mentes, todo o zumbido, a angústia, as falas, as preocupações, cada um indo numa direção diferente, como se eu precisasse atravessar quarenta florestas ao mesmo tempo. Então vim viver sozinho na floresta de verdade, cercado apenas por animais, cujas mentes são simples e silenciosas. Não há morte nos pensamentos deles. Nem mentiras. Sente-se. Você levou muito tempo para chegar até aqui, e suas pernas estão cansadas.

Falk sentou-se no banco junto à lareira.

— Agradeço por sua hospitalidade — disse ele, prestes a se apresentar, mas o senhor o interrompeu.

— Deixa pra lá. Posso te dar muitos nomes bons, bons o suficiente para esta parte do mundo. Olhos Amarelos, Forasteiro, Hóspede… Qualquer um serve. Lembre-se, sou um Ouvinte, não um paraverbalista. Não capto palavras nem nomes. Nem quero. O que eu sabia era que havia uma alma solitária lá fora no escuro, e também sei como minha janela iluminada brilhou nos seus olhos. Isso não é o suficiente? Mais do que o suficiente? Não preciso de nomes. E o meu nome é Solitônio. Certo? Agora, aproxime-se do fogo e se aqueça.

— Já estou me aquecendo — respondeu Falk.

O velho senhor se movia com agilidade, frágil, mas ligeiro, a longa trança grisalha balançando nas costas. Sua voz suave não parava; ele nunca fazia uma pergunta direta, nunca esperava resposta. Não tinha medo, e era impossível temê-lo.

Agora, todos os dias e noites de jornada pela floresta haviam se fundido em um só e ficado para trás. Falk não estava mais acampando: ele havia chegado a um lugar. Não precisava mais se preocupar com o clima, a escuridão, as estrelas, as feras e as árvores. Podia se sentar e esticar as pernas diante de uma lareira acesa, podia comer na companhia de outro ser humano, podia se banhar diante do fogo numa tina de madeira cheia de água quente. Não sabia dizer o que era mais prazeroso, o calor da água lavando a sujeira e o cansaço, ou o calor que lhe lavava o espírito ali, a conversa absurda, esquiva e vibrante do velho, a complexidade milagrosa do diálogo humano depois do longo silêncio da solidão.

Aceitou como verdade o que o idoso lhe dissera, que conseguia sentir as emoções e percepções de Falk, que era um menteouvinte, um empata. A empatia era para a telepatia o que o tato era para a visão: um sentido mais vago, mais primitivo e mais íntimo. Não se deixava controlar com a mesma precisão da comunicação telepática, mas, por outro lado, a empatia involuntária não era incomum, nem mesmo entre aqueles sem treinamento. Kretyan, a cega, havia treinado a si mesma para ouvir mentes, pois tinha o dom natural. Mas não era nada comparado àquele dom. Não demorou para Falk perceber que o velho estava, de fato, constantemente ciente, até certo ponto, do que ele sentia e percebia. Por alguma razão, isso não o incomodava, enquanto aquilo que Argerd fizera, drogando-o para abrir sua mente a buscas telepáticas, o enchera de fúria. Era a diferença na intenção. E mais do que isso.

— Hoje de manhã, matei uma galinha — contou Falk, quando, por um momento, o idoso ficou em silêncio, aquecendo uma toalha grosseira para ele perto do fogo. — Ela falou, nesta língua. Algumas palavras da... da Lei. Isso significa que há alguém por perto que ensina a fala às feras e às aves? — Mesmo saindo do banho quente, Falk ainda não estava relaxado o bastante para mencionar o nome do Inimigo, não depois da lição na Casa do Medo.

O outro não respondeu. Em vez disso, pela primeira vez, fez uma pergunta:

— Você comeu a galinha?

— Não — respondeu Falk, enxugando-se à luz do fogo, que avermelhava sua pele como bronze recém-forjado. — Não depois que ela falou. Cacei coelhos em vez disso.

— Matou e não comeu? Vergonhoso, vergonhoso! — O homem soltou uma risada rouca e, em seguida, cacarejou como um galo selvagem. — Não tem reverência pela vida? Precisa entender a Lei. Ela diz que não se deve matar, a menos que seja absolutamente necessário. E mesmo assim, melhor evitar. Lembre-se disso em Es Toch. Está seco? Cubra sua nudez, Adão do Cânone de Javé. Aqui, enrole isso em volta do corpo. Não é nenhuma peça fina como suas roupas, só couro de cervo curtido em mijo, mas, pelo menos, está limpo.

— Como sabe que estou indo para Es Toch? — perguntou Falk, envolvendo-se na veste como se fosse uma toga.

— Porque você não é humano — disse o idoso. — E lembre-se, eu sou o Ouvinte. Conheço os caminhos da sua mente, por mais estrangeira que seja, quer eu queira, quer não. Norte e sul estão indistintos; bem ao leste há um brilho perdido; a oeste, há trevas, trevas pesadas. Eu conheço essa escuridão. Escute. Escute bem o que eu digo, porque eu não quero escutar você, meu caro hóspede e trapalhão. Se eu quisesse ouvir gente falando, não viveria aqui entre os porcos selvagens feito um porco selvagem. Tenho algo a dizer antes de dormir. Agora preste atenção: não há muitos shing. Isso é uma ótima notícia, sabedoria e conselho. Lembre-se disso quando caminhar na escuridão terrível das luzes brilhantes de Es Toch. Pedacinhos desconjuntados de informação podem ser úteis na hora certa. Agora esqueça leste e oeste, e vá dormir. Você fica com a cama. Embora, como thurrodowista, eu seja contra luxos ostentosos, aprecio os prazeres mais simples da existência, como uma cama para dormir. Pelo menos, de vez em quando. E até mesmo a companhia de outro ser humano, uma vez por ano ou algo assim. Embora eu não possa dizer que sinto falta disso como você sente. Estar só não é estar solitário...

E, enquanto improvisava para si um leito no chão, recitou num tom afetuoso e cantarolado o Cânone Menor de sua crença.

— Não sou mais solitário que o riacho da azenha, ou que a biruta ao vento, ou que a estrela do norte, ou que o vento sul, ou que uma chuva de abril, ou que um degelo de janeiro, ou que a primeira aranha em uma nova casa... Não sou mais solitário que o mergulhão no lago que ri tão alto, ou que o próprio lago Walden...

Então ele deu boa noite e não falou mais nada. Falk dormiu naquela noite o primeiro sono profundo e longo desde o começo de sua jornada.

Ele permaneceu mais dois dias e duas noites na cabana à beira do rio. Seu anfitrião o recebeu de braços abertos, e Falk achou difícil partir daquele pequeno refúgio de calor e companhia. O idoso raramente o ouvia e nunca respondia a perguntas, mas, em meio ao seu falatório incessante, algumas informações e pistas surgiam e desapareciam. Ele conhecia o caminho para o oeste a partir dali e o que havia ao longo dele — até onde, Falk não tinha certeza. Até Es Toch, ao que parecia. Talvez até além? O que havia além de Es Toch? Falk não fazia ideia, exceto que, eventualmente, se chegaria ao Mar Ocidental e, além dele, ao Grande Continente, e, mais além, até dar a volta e chegar novamente ao Mar Oriental e à floresta. Que o mundo era redondo, os homens sabiam, mas já não existiam mapas. Falk tinha a impressão de que o senhor talvez pudesse desenhar um. Mas de onde tirara essa ideia, não sabia dizer, pois seu anfitrião nunca falava diretamente sobre o que ele próprio havia feito ou visto além daquela pequena clareira à beira do rio.

— Cuidado com as galinhas, rio abaixo — avisou o idoso, do nada, enquanto tomavam café cedo, antes de Falk partir. — Algumas delas falam. Outras escutam. Como nós, hein? Eu falo, você escuta. Porque, é claro, eu sou o Ouvinte e você é o Mensageiro. Dane-se a lógica. Lembre--se das galinhas e desconfie daquelas que cantam. Os galos são menos perigosos; estão ocupados demais cacarejando. Vá sozinho. Isso não vai te fazer mal. Mande lembranças minhas a qualquer Príncipe ou errante que encontrar, especialmente Henstrella. Ah, e me ocorreu ontem à noite, entre os seus sonhos e os meus, que você já caminhou o bastante para se exercitar. Talvez queira levar meu deslizador. Eu tinha esquecido que ainda o tinha. Não vou mais usá-lo, já que não vou a lugar nenhum, a não ser morrer. Espero que alguém passe por aqui para me enterrar, ou pelo menos me arraste para fora, para os ratos e as formigas, depois que eu morrer. Não gosto da ideia de apodrecer aqui dentro depois de todos esses anos mantendo o lugar arrumado. Não dá para usar um deslizador na floresta, é claro. Já não existem trilhas decentes. Mas se seguir pelo rio, ele vai te levar bem. E também vai te ajudar a cruzar o rio Interior, o que não é fácil na época do degelo, a menos que você seja um bagre. Está no galpão, se quiser. Eu não quero.

Os habitantes da Casa de Kathol, o assentamento mais próximo da Casa de Zove, eram thurrodowistas. Falk sabia que um dos princípios deles era viver sem recorrer a máquinas e artifícios, pelo menos enquanto isso fosse possível sem fanatismo ou loucura. Então, o fato de aquele senhor, que vivia de modo ainda mais primitivo que eles, cultivando sua própria comida porque nem ao menos possuía uma arma para caçar, tinha uma tecnologia sofisticada como um deslizador era estranho o bastante para fazer Falk, pela primeira vez, olhar para ele com uma sombra de dúvida.

O Ouvinte sugou o ar entredentes e soltou uma risadinha seca.

— Você nunca teve motivo para confiar em mim, forasteiro — disse ele. — Nem eu em você. Afinal, até mesmo o maior dos Ouvintes pode ser enganado. Há coisas que podem ser escondidas até da própria mente de um homem, não é? Coisas que ele não consegue alcançar nem com as mãos do pensamento. Pegue o deslizador. Meus dias de viagem acabaram. Ele carrega apenas uma pessoa, mas você vai sozinho. E acho que tem uma jornada mais longa pela frente do que seus pés, ou mesmo um deslizador, podem percorrer.

Falk não perguntou nada, mas o velho respondeu mesmo assim.

— Talvez você precise voltar para casa.

Na fria e enevoada aurora, sob os pinheiros cobertos de gelo, Falk se despediu com pesar e gratidão. Como faria a um Mestre de uma Casa, estendeu a mão em um gesto de respeito. Mas, ao fazer isso, ele falou:

— *Tiokioi*...

— Do que você me chamou, Mensageiro?

— Significa... significa *pai*, eu acho... — A palavra surgiu em seus lábios espontaneamente, incongruente. Ele não tinha certeza do que significava, nem fazia ideia de que língua era.

— Adeus, pobre ingênuo! Você dirá a verdade, e a verdade o libertará. Ou não, como for o caso. Vá, todo solitônio, querido tolo; é o melhor jeito de ir. Vou sentir falta dos seus sonhos. Adeus, adeus. Peixes e visitas fedem depois de três dias. Adeus!

Falk se ajoelhou no deslizador, uma pequena máquina elegante de parístole preto incrustado com um arabesco tridimensional de fios de platina. A ornamentação quase escondia os controles, mas ele já havia mexido em um deslizador na Casa de Zove e, depois de estudar os arcos de controle por um minuto, tocou o arco à esquerda, movendo o dedo até que o deslizador subisse silenciosamente cerca de meio metro, e então com o arco direito fez a pequena aeronave deslizar sobre o pátio e a margem do rio, até que pairasse acima da água espumosa da represa abaixo da cabana. Olhou para trás, querendo se despedir, mas o homem já tinha entrado na cabana e fechado a porta. E enquanto Falk conduzia sua aeronave silenciosa pela avenida ampla e escura do rio, a quietude imensa o envolveu novamente.

Uma névoa gelada se acumulava nas amplas curvas da água adiante e atrás dele, e pairava entre as árvores cinzas de cada margem. O solo, as árvores e o céu estavam todos cinzas, cobertos de gelo e nevoeiro. Somente a água, deslizando um pouco mais devagar do que ele deslizava no ar acima dela, era escura. Quando, no dia seguinte, a neve começou a cair, os flocos eram escuros contra o céu, brancos contra a água, antes de desaparecerem, caindo sem fim e sumindo na correnteza interminável.

Esse modo de viajar era duas vezes mais rápido que andar, e mais seguro e fácil — fácil demais até, monótono, hipnótico. Falk ficava contente de desembarcar quando precisava caçar ou montar acampamento. As aves aquáticas praticamente voavam para suas mãos, e os animais que desciam até a margem para beber olhavam para ele como se o deslizador fosse uma garça ou um grou passando suavemente, e ofereciam seus flancos e peitos indefesos para sua arma de caça. Então, o que ele fazia era apenas depenar, cortar, cozinhar, comer e montar um pequeno abrigo para a noite contra a neve ou a chuva com galhos ou cascas e o deslizador virado para cima como telhado; dormia, ao amanhecer comia a carne fria do dia anterior, bebia da água do rio e continuava. E continuava.

Ele brincava com o deslizador para passar as horas sem acontecimentos: levava-o acima dos cinco metros, onde o vento e as camadas de ar tornavam a almofada de sustentação instável, podendo virar a máquina por completo, a menos que ele compensasse imediatamente com os controles e seu próprio peso; ou forçava-o para dentro d'água, criando uma comoção ensandecida de espuma e respingos, fazendo-o quicar e deslizar por toda a superfície do rio como um potro arisco. Algumas quedas não foram o bastante para desanimar Falk. O deslizador era programado para pairar a cerca de trinta centímetros do solo caso ficasse sem controle, então tudo o que precisava fazer era subir de novo, chegar à margem e acender uma fogueira caso tivesse se resfriado, ou, se não, simplesmente seguir em frente. Suas roupas eram à prova d'água e, de qualquer forma, o rio não conseguia molhá-lo mais do que a chuva. O pano invernal o mantinha relativamente aquecido;

ele nunca estava realmente quente. Suas fogueiras eram estritamente para cozinhar. Em toda a Floresta Oriental, provavelmente não havia lenha seca o suficiente para uma fogueira de verdade, depois de tantos dias de chuva, neve úmida, neblina e mais chuva.

Ele ficou habilidoso em arremessar o deslizador rio abaixo numa sequência de saltos altos e barulhentos, quicando na diagonal e terminando com uma pancada e um jato de água. O ruído do processo às vezes lhe agradava, quebrando a monotonia suave e silenciosa de deslizar sobre a água entre as árvores e colinas. Ele surgiu quicando ao dobrar uma curva, inclinando-se com leves toques nos arcos de controle, e então freou abruptamente no ar, sem som algum. Lá adiante, ao longo do trecho prateado do rio, um barco vinha em sua direção.

Cada embarcação estava à plena vista da outra; não havia como passar despercebido entre as árvores. Falk se deitou no deslizador, arma em punho, e guiou-se rente à margem direita do rio, subindo até três metros para garantir uma vantagem sobre os ocupantes do barco.

Eles vinham tranquilamente, com uma única vela triangular içada. À medida que se aproximavam, embora o vento soprasse rio abaixo, Falk conseguiu ouvir, ao longe, o som deles cantando.

Aproximaram-se ainda mais, sem dar atenção a ele, ainda cantando.

Até onde sua breve memória alcançava, a música sempre o atraíra e, ao mesmo tempo, o assustara, enchendo-o de uma espécie de êxtase angustiante, um prazer que beirava o tormento. Ao som de uma voz humana cantando, sentia-se mais intensamente não humano, como se esse jogo de ritmo, afinação e tom fosse algo estranho para ele, não algo esquecido, mas desconhecido, inalcançável. Mas era essa própria estranheza que o atraía, e agora, sem perceber, ele reduziu a velocidade do deslizador para ouvir. Quatro ou cinco vozes cantavam, tilintando, afastando-se e unindo-se de novo em uma harmonia mais elaborada do que qualquer outra que já ouvira. Ele não entendia as palavras. Toda a floresta, os quilômetros de água e céu cinzentos, pareciam escutar com ele, em um silêncio intenso e incompreensivo.

A canção desvaneceu, os últimos acordes se dissolvendo numa breve rajada de risos e conversa. O deslizador e o barco estavam quase lado a lado agora, separados por uns cem metros ou mais. Um homem alto e muito magro, ereto na popa, chamou Falk, a voz clara ressoando facilmente sobre a água. Mais uma vez, ele não entendeu nenhuma palavra. Na luz acinzentada do inverno, o cabelo do homem, e o dos quatro ou cinco outros no barco, brilhavam em tons de ouro fulvo, todos iguais, como se fossem do mesmo sangue ou da mesma espécie. Falk não conseguia enxergar bem os rostos, apenas os cabelos avermelhados reluzindo e as silhuetas esguias se inclinando para a frente, rindo e acenando. Não tinha certeza de quantos eram. Por um instante, um rosto se destacou, o de uma mulher, que o observava através da água em movimento e do vento. Ele tinha desacelerado o deslizador até quase pairar sobre o rio, e o barco também parecia repousar imóvel sobre a corrente.

— Siga-nos! — chamou o homem novamente.

Desta vez, Falk reconheceu o idioma e compreendeu. Era a antiga língua da Liga, galáctica. Como todo silvícola, ele a aprendera com fitas e livros, pois os documentos remanescentes da Grande Era haviam sido registrados nela, que ainda servia como língua comum entre povos de diferentes dialetos. O dialeto da floresta descendia do galáctica, mas, ao longo de mil anos, havia se distanciado tanto que já variava até de uma Casa para outra. Certa vez, viajantes da costa do Mar Oriental chegaram à Casa de Zove falando uma variação tão distinta que preferiram se comunicar em galáctica com seus anfitriões. Foi a única vez em que Falk ouvira a língua usada no dia a dia; de resto, ela era apenas a voz de um audiolivro ou o murmúrio do professono em seu ouvido nas manhãs escuras de inverno. Agora, soava como um eco de sonho, arcaica e cristalina, na voz do timoneiro.

— Siga-nos, estamos indo para a cidade!

— Para que cidade?

— A nossa — respondeu o homem, rindo.

— A cidade que acolhe o viajante — acrescentou outro.

Então, com a mesma voz de tenor que antes ressoara tão doce no canto, alguém falou em tom mais suave:

— Aqueles que não fazem mal, não encontram mal entre nós.

E uma mulher convidou, a voz sorridente.

— Saia do ermo, viajante, e ouça nossa música por uma noite.

O nome que usavam para chamá-lo significava "viajante" ou "mensageiro".

— Quem são vocês? — perguntou Falk.

O vento soprava, o rio largo corria. O barco e o deslizador pairavam imóveis no fluxo de ar e água, juntos e separados, como que enfeitiçados.

— Somos homens.

Com essa resposta, o encanto se desfez, dissipando-se como um som doce ou um perfume levado pelo vento leste. Falk sentiu outra vez em suas mãos um pássaro ferido se debatendo, gritando palavras humanas com uma voz aguda e não humana. Um calafrio percorreu sua espinha e, sem hesitação, automaticamente, ele tocou o arco prateado do controle e lançou o deslizador à máxima velocidade.

Nenhum som veio do barco, embora agora o vento soprasse deles para ele. Depois de alguns momentos, quando a hesitação teve tempo de alcançá-lo, ele reduziu a velocidade de seu transporte e olhou para trás. O barco havia desaparecido. Não havia nada sobre a vasta e escura superfície da água, até onde a vista alcançava, de volta à curva distante do rio.

Depois disso, Falk não brincou mais com o deslizador, não fez mais jogos barulhentos. Seguiu adiante tão rápido e silencioso quanto podia. Naquela noite, não acendeu fogo algum, e seu sono foi inquieto. Ainda assim, algo do encanto permanecia. As vozes doces haviam falado de uma cidade, *elonaae*, na língua antiga, e, à deriva pelo rio, sozinho no ar e no meio da vastidão selvagem, Falk sussurrou a palavra para si mesmo. Elonaae, o Lugar do Homem: miríades de pessoas reunidas, não uma casa, mas milhares de casas, imensas moradas, torres, muralhas, janelas, ruas e as praças onde as ruas se cruzavam; as casas de comércio descritas nos livros, onde todas as engenhosidades criadas pelas mãos dos homens eram fabricadas e vendidas; os palácios de governo onde os poderosos se reuniam para debater as grandes obras que realizavam; os campos de onde as naves partiam através dos anos, rumo a sóis distantes... Teria a Terra realmente abrigado algo tão maravilhoso quanto os Lugares do Homem?

Agora, todos estavam perdidos. Restava apenas Es Toch, o Lugar da Mentira. Não havia cidade alguma na Floresta Oriental. Nenhuma torre de pedra, aço e cristal, repleta de almas, erguia-se entre os pântanos e os bosques de amieiros, entre as tocas de coelhos e as trilhas dos cervos, entre as estradas esquecidas e as pedras quebradas e soterradas.

E, no entanto, a visão de uma cidade permaneceu com Falk, quase como a vaga lembrança de algo que ele um dia conhecera. Por meio disso ele percebeu a força do encanto, da ilusão através da qual passara incólume. E se perguntou se haveria mais dessas armadilhas e enganos conforme seguisse sempre para o oeste, em direção à sua origem.

Os dias e o rio continuavam, fluindo com ele, até que, em uma tarde cinzenta e silenciosa, o mundo se abriu lentamente em uma vastidão assombrosa, uma imensa planície de águas lamacentas sob um céu infinito. Era a confluência do rio da Floresta com o rio Interior. Não era de admirar que tivessem ouvido falar do rio Interior, mesmo na ignorância profunda e isolada das Casas, centenas de quilômetros a leste. Era tão vasto que nem os shing podiam escondê-lo. Uma imensidão desolada e brilhante de águas amarelo-acinzentadas se estendia a partir das últimas copas de árvores e ilhotas da floresta alagada, seguindo sem fim para o oeste, até uma longínqua margem de colinas. Falk pairou sobre o encontro das águas como uma das garças-azuis que voam baixo no rio. Então, pousou na margem ocidental e, pela primeira vez em sua memória, se viu fora da floresta.

Ao norte, oeste e sul estendia-se uma terra ondulante, cheia de árvores dispersas, com moitas e matas cerradas nas baixadas, mas, no geral, um território aberto, vasto e exposto. Com uma autoilusão tranquila, Falk olhou para o oeste, forçando os olhos para tentar ver as montanhas. Dizia-se que essa terra aberta, a pradaria, era imensa, milhares de quilômetros, talvez; mas ninguém na Casa de Zove sabia ao certo.

Ele não viu montanhas, mas naquela noite viu a borda do mundo recortando as estrelas. Nunca antes tinha visto um horizonte. Suas lembranças eram todas cercadas por um limite de folhas e galhos. Mas ali, nada se interpunha entre ele e as estrelas, que queimavam desde a borda da Terra para cima, formando uma imensa abóbada, uma cúpula escura salpicada de fogo. E sob seus pés, o círculo se fechava; hora após hora, a rotação do horizonte revelava os padrões flamejantes que jaziam a leste e abaixo da Terra. Ele passou metade da longa noite de inverno acordado, e já estava desperto novamente quando aquela borda inclinada do mundo cortou o sol, e a luz do dia irrompeu do espaço sobre as planícies.

Naquele dia, seguiu diretamente para o oeste pela bússola, e no dia seguinte, e no outro. Sem as curvas do rio para guiá-lo, ia rápido em linha reta. Pilotar o deslizador já não era a brincadeira monótona que fora sobre a água; ali, sobre o terreno irregular, a máquina sacudia e se inclinava a cada depressão e elevação, a menos que ele estivesse atento aos controles a todo momento. Ele gostava daquela vastidão aberta do céu e da pradaria, e descobriu que a solidão lhe era um prazer, com um domínio tão imenso para estar sozinho. O clima era ameno, um período de sol calmo no final do inverno. Pensando na floresta, sentia como se tivesse saído de uma escuridão sufocante e secreta para a luz e o ar, como se as pradarias fossem uma enorme Clareira. Gado selvagem de pelo avermelhado, em rebanhos de dezenas de milhares, escurecia as planícies distantes como sombras de nuvens. O solo era escuro por toda parte, mas, em alguns trechos, cobria-se de um leve véu esverdeado onde as primeiras folhas duplas das gramíneas mais resistentes começavam a se abrir; acima e abaixo do solo, havia um incessante corre-corre de pequenos animais, coelhos, texugos, lebres, ratos, gatos selvagens, toupeiras, arctures de olhos listrados, antílopes, chacais amarelos, pragas e mascotes de civilizações extintas. O vasto céu vibrava com o bater de asas. Ao anoitecer, ao longo dos rios, bandos de garças brancas pousavam entre os juncos e os álamos sem folhas, suas longas pernas e asas erguidas refletidas na água.

Por que os homens não viajavam mais para ver seu próprio mundo?, perguntou-se Falk, sentado junto à sua fogueira, que ardia como uma pequena opala no imenso azul do crepúsculo sobre a pradaria. Por que homens como Zove e Metock se escondiam na floresta, sem jamais, em toda a vida, sair para contemplar a vasta grandiosidade da Terra? Agora ele sabia algo que aqueles que lhe ensinaram tudo não sabiam: que um homem podia ver seu planeta girar entre as estrelas...

No dia seguinte, sob um céu carregado e através de um vento frio do norte, ele seguiu em frente, guiando o deslizador com uma destreza que logo se tornou instinto. Um rebanho de gado selvagem cobria metade das planícies ao sul de sua rota, milhares e milhares deles, todos voltados para o vento, as caras brancas baixas diante dos ombros ruivos e desgrenhados. Entre ele e as primeiras fileiras do rebanho, por mais de um quilômetro, o longo capim cinzento vergava sob o vento, e um pássaro cinzento voava em sua direção, planando sem mover as asas. Ele o observou, intrigado com aquele voo retilíneo — não exatamente retilíneo, pois a criatura fez uma curva sem bater as asas para interceptar sua trajetória. Vinha muito rápido, direto para ele. De repente, um alarme disparou dentro dele. Agitou o braço para espantar o pássaro, depois se lançou ao chão e desviou o deslizador, mas era tarde demais. No instante antes do impacto, viu a cabeça cega, sem feições, o brilho do aço. Então veio o impacto, um grito metálico explodindo no ar, a queda nauseante para trás. E a queda não tinha fim.

IV

— A Anciã de Kessnokaty diz que vai nevar — murmurou a voz de sua amiga perto dele. — Deveríamos nos aprontar, caso surja uma chance de fugir.

Falk não respondeu, mas permaneceu sentado, aguçando a audição para os sons do acampamento: vozes em uma língua estrangeira, abafadas pela distância; o som seco de alguém raspando couro ali perto; o choro fino de um bebê; o estalido da fogueira da tenda.

— Horressins! — chamou alguém lá fora, e ele se levantou imediatamente, mas então não se moveu.

Em um instante, a mão de sua amiga tocou seu braço, guiando-o até onde queriam que ele fosse: a fogueira comunitária no centro do círculo de tendas, onde celebravam uma caçada bem-sucedida assando um boi inteiro. Um pedaço de carne foi empurrado para suas mãos. Ele se sentou no chão e começou a comer. O suco e a gordura escorriam por seu queixo, mas ele não os limpou. Fazer isso estaria abaixo da dignidade de um Caçador da Sociedade Mzurra da Nação Basnasska. Apesar de ser um estranho, um prisioneiro e cego, ele era um Caçador e estava aprendendo a se comportar como tal.

Quanto mais defensiva uma sociedade, mais conformista. O povo entre o qual ele vivia seguia um Caminho estreito, tortuoso e apertado, cruzando as vastas e livres planícies. Enquanto estivesse entre eles, teria de seguir cada curva de seus caminhos com exatidão. A dieta dos basnasska consistia em carne de boi quase crua, cebolas cruas e sangue. Pastores selvagens de gado selvagem, como lobos, eles eliminavam os fracos, os preguiçosos e os inaptos dos enormes rebanhos, um banquete perpétuo de carne, uma vida sem descanso. Caçavam com lasers de mão e protegiam seu território de estranhos usando bompombas como aquela que destruíra o deslizador de Falk, pequenos mísseis programados para atingir qualquer coisa que contivesse um elemento de fusão. Eles mesmos não fabricavam nem consertavam essas armas, e só as manuseavam após rituais de purificação e encantamentos; onde as obtinham, Falk ainda não descobrira, embora houvesse menções ocasionais a uma peregrinação anual que talvez estivesse ligada às armas. Não praticavam a agricultura nem criavam animais domésticos; eram analfabetos e não conheciam, exceto talvez por certos mitos e lendas de heróis, nada da história da humanidade. Informaram a Falk que ele não tinha vindo da floresta, porque a floresta era habitada apenas por cobras brancas gigantes. Praticavam uma religião monoteísta cujos rituais envolviam mutilações, castrações e sacrifícios humanos.

Foi uma das superstições derivadas de seu complexo credo que os levou a manter Falk vivo e torná-lo membro da tribo. Normalmente, como ele carregava um laser e, portanto, estava acima do status de escravo, eles teriam retirado seu estômago e fígado para examinar em busca de augúrios e, em seguida, deixado as mulheres despedaçá-lo como bem entendessem. No entanto, uma semana ou duas antes de sua captura, um ancião da Sociedade Mzurra morrera. Como não havia nenhum bebê ainda sem nome na tribo para receber o nome do falecido, ele foi dado ao prisioneiro que, cego, desfigurado e consciente apenas em intervalos, ainda era melhor do que ninguém; pois enquanto o Ancião Horressins mantivesse seu nome, seu fantasma, maligno como todos os fantasmas, voltaria para perturbar a paz dos vivos. Assim, o nome foi tirado do fantasma e dado a Falk, junto com as iniciações completas de um Caçador, uma cerimônia que incluía chicotadas, eméticos, danças, a recitação de sonhos, tatuagens, associação livre antifonal, banquetes, abuso sexual de uma mulher por todos os homens da tribo, um de cada vez, e, finalmente, cantos noturnos para que O Deus livrasse o novo Horressins de todo mal. Depois disso, deixaram-no em um tapete de pele de cavalo dentro de uma tenda de couro de vaca, delirante e sem cuidados, para morrer ou se recuperar, enquanto o fantasma do velho Horressins, sem nome e sem poder, saía uivando ao vento pelas planícies.

A mulher que, quando ele recuperou a consciência pela primeira vez, estava ocupada enfaixando seus olhos e cuidando de seus ferimentos, também vinha sempre que podia para cuidar dele. Ele só a vira em breves momentos na semiprivacidade de sua tenda, quando conseguia levantar a bandagem que a astúcia dela lhe proporcionara assim que ele foi levado para lá. Se os basnasska tivessem visto seus olhos abertos, teriam cortado fora sua língua para que ele não pudesse pronunciar seu próprio nome e, então, o queimariam vivo. Ela lhe contara isso e outras coisas que ele precisava saber sobre a Nação dos Basnasska; mas não muito sobre si mesma. Aparentemente, ela não estava com a tribo há muito mais tempo que ele; ele deduziu que ela se perdera na pradaria e se juntara à tribo para não morrer de fome. Eles estavam dispostos a aceitar mais uma escrava para o uso dos homens, e ela provara ser habilidosa na medicina, então a deixaram viver. Ela tinha cabelos avermelhados, a voz muito suave e se chamava Estrel. Além disso, ele não sabia nada sobre ela; e ela não lhe perguntara nada sobre si mesmo, nem mesmo seu nome.

Ele escapara relativamente ileso, considerando tudo. O parístole, a Nobre Matéria da antiga ciência cetiana, não explodia nem pegava fogo, então o deslizador não explodira embaixo dele, embora os controles estivessem destruídos. O míssil detonado atingiu o lado esquerdo de sua cabeça e a parte superior do corpo com estilhaços pequenos, mas Estrel estava lá, com habilidade e alguns dos materiais da medicina. Não houve infecção; ele se recuperou rápido, e poucos dias após seu batismo de sangue como Horressins, já planejava a fuga com ela.

Mas os dias se passavam e nenhuma oportunidade surgia. Uma sociedade defensiva: um povo cauteloso e ciumento, com todas as suas ações rigidamente programadas por ritos, costumes e tabus. Embora cada Caçador tivesse sua própria tenda, as mulheres eram mantidas em comum, e tudo o que um homem fazia era feito com outros homens; eles eram menos uma comunidade e mais um clube ou rebanho, membros interdependentes de uma única entidade. Nessa busca por segurança, a independência e a privacidade, é claro, eram suspeitas; Falk e Estrel tinham de aproveitar qualquer chance para conversar por um momento. Ela não conhecia o dialeto da floresta, mas podiam usar o galáctica, que os basnasska falavam apenas em uma forma rudimentar.

— A hora de tentar — disse ela uma vez — pode ser durante uma tempestade de neve, quando a neve nos esconderia e cobriria nossos rastros. Mas até onde poderíamos chegar a pé em uma nevasca? Você tem uma bússola, mas o frio...

As roupas feitas com pano de inverno de Falk haviam sido confiscadas, junto com tudo o mais que ele possuía, até mesmo o anel de ouro que sempre usara. Deixaram-lhe uma arma: ela era parte integrante de sua condição de Caçador e não podia ser tirada dele. Mas as roupas que ele usara por tanto tempo agora cobriam as costelas ossudas e as pernas magras do Ancião Caçador Kessnokaty, e ele só tinha sua bússola porque Estrel a pegara e escondera antes que revirassem sua mochila. Ele e ela estavam vestidos razoavelmente bem com camisas e calças de couro dos basnasska, além de botas e parkas de couro vermelho de vaca; mas nada os abrigaria suficientemente contra uma das nevascas da pradaria, com seus ventos gelados abaixo de zero, exceto paredes, teto e uma fogueira.

— Se conseguirmos chegar ao território samsit, apenas alguns quilômetros a oeste daqui, poderíamos nos esconder em um Lugar Antigo que conheço lá e ficar escondidos até que desistam de nos procurar. Pensei em tentar antes de você chegar. Mas eu não tinha uma bússola e estava com medo de me perder na tempestade. Com uma bússola e uma arma, talvez a gente consiga... talvez não.

— Se essa é nossa melhor chance — disse Falk —, vamos tentar.

Ele não era mais tão ingênuo, tão esperançoso e facilmente influenciável quanto tinha sido antes de sua captura. Estava um pouco mais resistente e resoluto. Embora tivesse sofrido nas mãos deles, não guardava rancor especial dos basnasska; eles o haviam marcado de uma vez por todas em ambos os braços com as tatuagens azuis da família, marcando-o como um bárbaro, mas também como um homem. Estava tudo bem até aí. Mas eles tinham seus afazeres, e ele tinha os dele. A forte vontade individual que se desenvolveu nele durante seu treinamento na Casa da Floresta exigia que ele se libertasse, que continuasse sua jornada, que continuasse o que Zove chamara de "o trabalho do homem". Essas pessoas não estavam indo a lugar algum, nem vinham de algum lugar, pois haviam cortado suas raízes no passado humano. Não era apenas a extrema precariedade de sua existência entre os basnasska que o deixava impaciente para fugir; era também uma sensação de sufocamento, de estar confinado e imobilizado, algo mais difícil de suportar do que a bandagem que cobria sua visão.

Naquela noite, Estrel passou por sua tenda para avisar que começara a nevar, e eles estavam ajustando o plano em sussurros quando uma voz falou na entrada da tenda.

— Ele diz: "Caçador Cego, você quer a Mulher Vermelha esta noite?" — traduziu Estrel calmamente. Ela não acrescentou explicações. Falk conhecia as regras e a etiqueta de compartilhar as mulheres; sua mente estava ocupada com o assunto de que conversavam, e ele respondeu com a mais útil de suas poucas palavras em basnasska:

— Mieg! — Não.

A voz masculina disse algo mais imperativo.

— Se continuar nevando, amanhã à noite, talvez — murmurou Estrel em galáctica.

Ainda pensativo, Falk não respondeu. Então percebeu que ela se levantara e partira, deixando-o sozinho na tenda. E, depois disso, compreendeu que ela era a Mulher Vermelha e que o outro homem queria copular com ela.

Ele poderia simplesmente ter dito *sim* em vez de *não*; e, ao pensar na inteligência e na gentileza dela para com ele, na suavidade de seu toque e de sua voz, e no silêncio absoluto com que escondia seu orgulho ou vergonha, ele se contorceu diante de sua falha em poupá-la e sentiu-se humilhado como seu camarada humano e como homem.

— Vamos partir esta noite — disse ele a ela no dia seguinte, na neve acumulada ao lado do Alojamento das Mulheres. — Venha à minha tenda. Deixe passar boa parte da noite primeiro.

— Kokteky me disse para ir à tenda dele esta noite.

— Você consegue escapar?

— Talvez.

— Qual é a tenda de Kokteky?

— Atrás do Alojamento da Sociedade Mzurra, à esquerda. Tem um remendo sobre a entrada.

— Se você não vier, eu vou te buscar.

— Outra noite poderia ser menos perigoso…

— E com menos neve. O inverno está avançando; esta pode ser a última grande tempestade. Partiremos esta noite.

— Eu virei até a sua tenda — disse ela com sua submissão calma e inquestionável.

Ele deixara uma pequena abertura na bandagem através da qual podia enxergar vagamente, e tentou vê-la agora; mas, na luz fraca, ela era apenas uma forma cinza na penumbra.

No escuro profundo daquela noite, ela chegou, silenciosa como a neve soprada pelo vento contra a tenda. Cada um levava consigo o que precisava. Nenhum dos dois falou. Falk fechou seu casaco de couro de boi, puxou para cima e amarrou o capuz, e curvou-se para abrir a entrada da tenda. Tomou um susto e se afastou para o lado ao ver um homem chegando de fora, curvado para passar pela abertura baixa; Kokteky, um Caçador robusto e de cabeça raspada, ciumento de seu status e de sua virilidade.

— Horressins! A Mulher Vermelha... — começou ele, mas então a viu nas sombras, do outro lado das brasas da fogueira. No mesmo instante, percebeu como ela e Falk estavam vestidos e qual era sua intenção.

Ele recuou para bloquear a saída ou escapar do ataque de Falk e abriu a boca para gritar. Sem pensar, com um reflexo rápido e certeiro, Falk disparou seu laser à queima-roupa, e o breve lampejo de luz mortal calou o grito na boca do basnasska, queimando boca, cérebro e vida em um instante, em perfeito silêncio.

Falk esticou o braço sobre as brasas, agarrou a mão da mulher e a guiou sobre o corpo do homem que matara, para a escuridão lá fora.

A neve fina, levada por uma brisa leve, caía e rodopiava, roubando-lhes o fôlego com o frio. Estrel respirava em soluços. Com a mão esquerda segurando o pulso dela e a direita envolvendo a arma, Falk partiu para oeste por entre as tendas dispersas, que mal eram visíveis como fendas e redes de um laranja opaco. Em alguns minutos, até mesmo isso desapareceu, e não havia mais nada no mundo além da noite e da neve.

Os lasers de mão fabricados na Floresta Oriental tinham várias configurações e funções: o cabo servia como isqueiro, e o cano da arma podia se transformar em uma lanterna não muito eficiente. Falk ajustou sua arma para emitir uma luz fraca, com a qual podiam ler a bússola e ver alguns passos à frente, e seguiram adiante, guiados pela luz mortal.

Na longa elevação onde ficava o acampamento de inverno dos basnasska, o vento havia afinado a camada de neve, mas, à medida que avançavam, incapazes de escolher sua rota adiante, com o Oeste da bússola como única orientação no caos da tempestade que misturava ar e chão em um turbilhão, eles desceram para terrenos mais baixos. Havia bancos de neve de um metro a um metro e meio, pelos quais Estrel pelejava, ofegante como uma nadadora exausta em mar aberto. Falk puxou o cordão de couro cru de seu capuz e o amarrou em seu braço, dando a ponta para ela segurar, e então foi na frente, abrindo caminho para ela. Uma vez, ela caiu, e o puxão na corda quase o derrubou; ele se virou e precisou procurar por um momento com a luz até vê-la agachada em suas pegadas, quase a seus pés. Ele se ajoelhou e, no círculo pálido e riscado de neve da luz, viu claramente o rosto dela pela primeira vez. Ela sussurrou:

— Isso é mais do que eu esperava...

— Recupere o fôlego por um momento. Estamos protegidos do vento neste vale.

Eles se agacharam juntos ali em uma pequena bolha de luz, ao redor da qual centenas de quilômetros de neve impelida pelo vento rugiam na escuridão sobre as planícies.

Ela sussurrou algo que ele, a princípio, não entendeu.

— Por que você matou o homem?

Relaxado, com os sentidos embotados, reunindo forças para a próxima etapa de sua fuga lenta e difícil, Falk não respondeu. Finalmente, com algo parecido com um sorriso, ele murmurou:

— O que mais...?

— Eu não sei. Você precisava.

O rosto dela estava pálido e tenso; ele não prestou atenção ao que ela disse. Ela estava muito fria para descansar ali, e ele se levantou, puxando-a consigo.

— Vamos. Não devemos estar muito longe do rio.

Mas estavam muito longe. Ela viera à sua tenda após algumas horas de escuridão, como ele pensava — havia uma palavra para *horas* no dialeto da floresta, embora seu significado fosse impreciso e qualitativo, já que um povo sem negócios ou comunicação através do tempo e do espaço não vê utilidade para relógios —, e a noite de inverno ainda tinha muito pela frente. Eles continuaram, e a noite também.

Quando o primeiro cinza começou a clarear o turbilhão preto da tempestade, eles desceram com dificuldade uma encosta de grama congelada e arbustos emaranhados. Uma massa enorme e rangente surgiu diretamente à frente de Falk e mergulhou na neve. Em algum lugar próximo, ouviram o resfolegar de outra vaca ou touro, e então, por um instante, as grandes criaturas estavam por toda parte, focinhos brancos e olhos selvagens e aquosos refletindo a luz, a neve soprada formando montes e revelando flancos e ombros peludos. Então, eles passaram pelo rebanho e desceram até a margem do riozinho que separava o território basnasska do samsit. Era rápido, raso e não congelado. Eles tiveram que atravessá-lo num vau, a correnteza puxando seus pés sobre pedras soltas, subindo geladamente até que lutaram, com a água na cintura, contra o frio que queimava. As pernas de Estrel cederam antes que conseguissem atravessar por completo. Falk a puxou para fora da água e através dos juncos cobertos de gelo da margem oeste, e então se agachou novamente ao lado dela, exausto, entre os arbustos cobertos de neve da margem. Ele desligou a arma-lanterna. Muito fraco, mas muito grande, um dia tempestuoso começava a vencer a escuridão.

— Temos que continuar, precisamos de uma fogueira.

Ela não respondeu.

Ele a segurou em seus braços contra si. Suas botas, calças e parkas, dos ombros para baixo, já estavam congeladas e rígidas. O rosto da mulher, encostado contra seu braço, estava mortalmente pálido.

Ele chamou seu nome, tentando acordá-la.

— Estrel! Estrel, vamos. Não podemos ficar aqui. Podemos continuar um pouco mais. Não será tão difícil. Vamos, acorde, pequena, falcãozinho, acorde...

Em sua grande exaustão, ele falou com ela como costumava falar com Parth, ao amanhecer, há muito tempo.

Ela finalmente o obedeceu, levantando-se com sua ajuda, segurando a corda com suas luvas congeladas e, passo a passo, seguindo-o pela margem, subindo as pequenas colinas e avançando através da neve incessante, incansável, implacável.

Eles seguiram o curso do rio rumo ao sul, como ela lhe dissera que fariam quando planejavam a fuga. Ele não tinha muita esperança de que pudessem encontrar algo naquela brancura rodopiante, tão sem características quanto a tempestade noturna. Mas, antes que percebessem, chegaram a um riacho afluente do rio que haviam cruzado e o seguiram, em um caminho difícil, pois o terreno era acidentado. Eles continuaram pelejando. Para Falk, parecia que a melhor coisa a se fazer seria deitar e dormir, e ele só não o fazia porque havia alguém contando com ele, alguém bem distante, há muito tempo, que o enviara em uma jornada; ele não podia se deitar, pois era responsável por alguém...

Houve um sussurro rouco em seu ouvido, a voz de Estrel. À frente deles, um grupo de álamos altos surgiu como espectros famintos na neve, e Estrel puxava seu braço. Eles começaram a tropeçar para cima e para baixo na margem norte do riacho coberto de neve, logo após os álamos, procurando por algo.

— Uma pedra — repetia ela. — Uma pedra...

E, embora ele não soubesse por que precisavam de uma pedra, ele procurou e escavou na neve com ela. Ambos estavam rastejando sobre as mãos e os joelhos quando, finalmente, ela encontrou o marco que procurava: um bloco de pedra coberto de neve, com cerca de meio metro de altura.

Com suas luvas congeladas, ela afastou os montes de neve seca do lado leste do bloco. Desinteressado, letárgico pelo cansaço, Falk a ajudou. Suas mãos desnudaram um retângulo de metal, nivelado com o chão estranhamente plano. Estrel tentou abri-lo. Uma alça oculta estalou, mas as bordas do retângulo estavam congeladas. Falk gastou suas últimas forças tentando levantar a coisa, até que, finalmente, recuperou o juízo e descongelou o metal com o feixe de calor do cabo de sua arma. Então, eles levantaram a porta e olharam para uma escada íngreme e bem cuidada, estranhamente geométrica em meio àquele deserto uivante, que levava a uma porta fechada.

— Está tudo bem — murmurou sua companheira e, descendo as escadas de costas, como em uma escada de parede, pois não confiava em suas pernas, ela empurrou a porta e olhou para Falk. — Vamos!

Ele desceu, puxando a porta do alçapão acima dele, como ela instruíra. De repente, ficou completamente escuro, e, agachado nos degraus, Falk rapidamente pressionou o botão de sua arma para obter luz. Abaixo dele, o rosto pálido de Estrel brilhou fracamente. Ele desceu e seguiu-a pela porta, entrando em um lugar muito escuro e muito grande, tão grande que a luz mal sugeria o teto e as paredes mais próximas. Estava totalmente silencioso, e o ar era pesado, passando por eles em uma corrente leve e constante.

— Deve haver lenha por aqui — disse a voz suave e rouca de Estrel em algum lugar à esquerda. — Aqui. Precisamos de uma fogueira; me ajude com isso...

Lenha seca estava empilhada em grandes quantidades em um canto próximo à entrada. Enquanto ele acendia o fogo, montando a fogueira dentro de um círculo de pedras escurecidas mais perto do centro da caverna, Estrel rastejou para um canto mais distante e voltou arrastando alguns cobertores pesados. Eles se despiram e se secaram, depois se aconchegaram nos cobertores, dentro de seus sacos de dormir basnasska, bem perto do fogo. A chama ardia, quente como em uma chaminé, sugada por uma corrente de ar que também levava a fumaça embora. Era impossível aquecer a grande sala ou caverna, mas a luz e o calor do fogo os relaxaram e animaram. Estrel tirou carne seca de sua bolsa, e eles mastigaram sentados ali, embora seus lábios estivessem doloridos com o congelamento e ambos se encontrassem cansados demais para sentir fome. Gradualmente, o calor do fogo começou a penetrar em seus ossos.

— Quem mais usou este lugar?

— Qualquer um que souber dele, eu acho.

— Deve ter havido uma grande casa aqui uma vez, se este era o porão — disse Falk, olhando para as sombras que tremeluziam e se espessavam em uma escuridão impenetrável à distância do fogo, e pensando nos grandes porões sob a Casa do Medo.

— Dizem que havia uma cidade inteira aqui. Dizem que se estende por um longo trecho a partir da porta. Eu não sei.

— Como você sabia disso? Você é uma samsit?

— Não.

Ele não perguntou mais nada, lembrando-se do código; mas, depois de um momento, ela disse do seu jeito submisso:

— Eu sou uma errante. Conhecemos muitos lugares como este, esconderijos... Acho que você já ouviu falar dos errantes.

— Um pouco — respondeu Falk, esticando-se e olhando através do fogo para sua companheira. Cabelos acobreados encaracolados emolduravam seu rosto enquanto ela se sentava enrolada no saco sem forma, e um amuleto de jade pálido em seu pescoço capturava a luz do fogo.

— Eles não sabem muito sobre nós na floresta.

— Nenhum errante foi tão longe a leste para chegar na minha casa. O que se dizia deles lá combina mais com os basnasska: selvagens, caçadores, nômades — falou ele sonolento, apoiando a cabeça no braço.

— Alguns errantes podem ser chamados de selvagens. Outros, não. Os Caçadores de Gado são todos selvagens e não conhecem nada além de seus próprios territórios, esses basnasska, samsit e arksa. Nós vamos longe. Vamos para o leste, até a floresta, para o sul, até a foz do rio Interior, e para o oeste, para lá das Grandes Montanhas e das Montanhas Ocidentais, até o mar. Eu mesma vi o sol se pôr no mar, atrás da cadeia de ilhas azuis que fica longe da costa, além dos vales submersos da Califórnia, engolidos por terremotos... — Sua voz suave deslizou para o ritmo de um canto ou lamento arcaico.

— Continue — murmurou Falk, mas ela ficou em silêncio, e logo ele dormia profundamente. Por um tempo, ela observou seu rosto adormecido. Por fim, ela juntou as brasas, sussurrou algumas palavras como se em oração ao amuleto preso ao pescoço, e se deitou para dormir do outro lado do fogo.

Quando ele acordou, ela estava montando um suporte de tijolos sobre o fogo para apoiar uma chaleira cheia de neve.

— Parece fim de tarde lá fora — disse ela —, mas pode ser de manhã ou meio-dia. A tempestade está tão forte quanto antes. Eles não podem nos rastrear. E se pudessem, ainda assim não entrariam aqui... Esta chaleira estava no esconderijo com os cobertores. E há um saco de ervilhas secas. Vamos nos virar bem aqui. — O rosto duro e delicado voltou-se para ele com um leve sorriso. — Mas é escuro. Eu não gosto das paredes grossas e da escuridão.

— É melhor do que olhos enfaixados. Embora você tenha salvado minha vida com a bandagem. Horressins, o cego, era melhor do que Falk, o morto. — Ele hesitou e então perguntou. — O que te levou a me salvar?

Ela deu de ombros, ainda com o sorriso leve e relutante.

— Companheiros de prisão... Eles sempre dizem que os errantes são bons em truques e disfarces. Você não ouviu eles me chamando de Mulher Raposa? Deixe eu ver esses ferimentos. Trouxe minha bolsa de truques.

— Os errantes também são bons curandeiros?

— Temos certas habilidades.

— E você conhece a Língua Antiga; não esqueceu o antigo caminho do homem, como os basnasska.

— Sim, todos nós sabemos galáctica. Olhe aqui, a borda da sua orelha congelou ontem. Porque você tirou o cordão do capuz para eu segurar.

— Eu não consigo olhar para ela — disse Falk de maneira amigável, submetendo-se aos cuidados da mulher. — Normalmente, não preciso.

Enquanto ela cuidava do corte ainda não cicatrizado em sua têmpora esquerda, olhou de soslaio para o rosto dele uma ou duas vezes e, por fim, arriscou.

— Sem dúvidas há muitos silvícolas com olhos como os seus.

— Nem um.

Evidentemente, o código prevaleceu. Ela não perguntou nada, e ele, tendo decidido não confiar em ninguém, não ofereceu nenhuma informação. Mas sua própria curiosidade falou mais alto.

— Então — começou ele. — Eles não te assustam, esses olhos de gato?

— Não — respondeu ela com sua calma habitual. — Você só me assustou uma vez. Quando atirou... tão rápido...

— Ele teria alertado todo o acampamento.

— Eu sei, eu sei. Mas nós não carregamos armas. Você atirou tão rápido, fiquei assustada... foi como uma coisa terrível que vi uma vez, quando era criança. Um homem que matou outro com uma arma, mais rápido que um pensamento, assim. Ele era um dos Destruídos.

— Destruídos?

— Às vezes nos deparamos com eles nas Montanhas.

— Eu sei muito pouco sobre as Montanhas.

Ela explicou, embora parecendo relutante.

— Você conhece a Lei dos Senhores. Eles não matam, você sabe. Quando há um assassino na cidade deles, eles não podem matar para deter a pessoa, então o transformam em um Destruído. É algo que fazem com a mente. Eles podem soltá-lo, e ele começa a viver de novo, inocente. Esse homem de quem falei era mais velho que você, mas tinha a mente igual a de uma criança pequena. Mas ele pegou uma arma, e suas mãos sabiam como usá-la, e ele... atirou em um homem bem de perto, como você fez...

Falk permaneceu em silêncio. Ele olhou para a arma sobre sua mochila, a maravilhosa ferramenta que acendera suas fogueiras, providenciara sua comida e iluminara sua escuridão em sua longa jornada. Não existia conhecimento anterior em suas mãos sobre como usar aquilo, existia? Metock lhe ensinara a atirar. Ele aprendera com Metock e se tornara habilidoso caçando. Tinha certeza disso. Ele não podia ser apenas uma aberração e um criminoso que recebera uma segunda chance pela caridade arrogante dos Senhores de Es Toch...

Mas isso não era mais plausível do que seus próprios sonhos vagos e noções sobre sua origem?

— Como eles fazem isso com a mente de um homem?

— Eu não sei.

— Eles poderiam fazer isso — disse ele, asperamente — não apenas com criminosos, mas com... com rebeldes?

— O que são rebeldes?

Ela falava galáctica com muito mais fluência do que ele, mas nunca tinha ouvido aquela palavra.

Ela terminou de cuidar do ferimento dele e guardou cuidadosamente seus poucos medicamentos na bolsa. Ele se virou para Estrel tão abruptamente que ela olhou para cima, surpresa, recuando um pouco.

— Você já viu olhos como os meus, Estrel?

— Não.

— Você conhece... a Cidade?

— Es Toch? Conheço, já estive lá.

— Então você já viu os shing?

— Você não é um shing.

— Não. Mas estou indo para o meio deles — falou ele com ferocidade. — Mas eu temo... — Ele parou.

Estrel fechou a bolsa de medicamentos e a guardou em sua mochila.

— Es Toch é estranha para os homens das casas solitárias e das terras distantes — disse ela finalmente, com sua voz suave e cuidadosa. — Mas eu caminhei por suas ruas sem sofrer mal algum; muitas pessoas vivem lá, sem medo dos Senhores. Você não precisa ir com temor. Os Senhores são muito poderosos, mas muito do que se conta sobre Es Toch não é verdade...

Seus olhos encontraram os dele. Com uma decisão repentina, convocando o que tinha de habilidade paraverbal, ele a chamou pessoalmente pela primeira vez: *Então me diga o que é verdade sobre Es Toch!*

Ela balançou a cabeça, respondendo em voz alta.

— Eu salvei sua vida e você a minha, e somos companheiros, e talvez errantes juntos por um tempo. Mas não vou me comunicar por telepatia com você ou com qualquer pessoa encontrada por acaso; nem agora, nem nunca.

— Você acha que eu sou um shing, afinal? — perguntou ele ironicamente, um pouco humilhado, sabendo que ela tinha razão.

— Quem pode ter certeza? — disse ela, e acrescentou em seguida com seu leve sorriso: — Embora eu ache difícil de acreditar nisso em relação a você... Olhe, a neve na chaleira derreteu. Vou pegar mais. É preciso muita neve para fazer um pouco de água, e estamos ambos com sede. Você... você se chama Falk?

Ele assentiu, observando-a.

— Não desconfie de mim, Falk — pediu ela. — Deixe que eu me prove a você. A mentefala não prova nada; e a confiança é algo que deve crescer a partir de ações, ao longo dos dias.

— Então regue-a — disse Falk —, e espero que ela cresça.

Mais tarde, na longa noite e no silêncio da caverna, ele acordou e a viu sentada, curvada sobre as brasas, com a cabeça arruivada apoiada nos joelhos. Ele chamou seu nome.

— Estou com frio — disse ela. — Não sobrou mais calor...

— Venha até mim — falou ele, sonolento, sorrindo.

Ela não respondeu, mas logo veio até ele através da escuridão iluminada pelo vermelho das brasas, nua exceto pela pedra de jade pálida entre seus seios. Ela era esguia e tremia de frio. Na mente dele, que em certos aspectos era a de um homem muito jovem, ele havia decidido não a tocar, ela que tanto sofrera nas mãos dos selvagens; mas ela murmurou para ele:

— Me aqueça, me dê conforto.

E ele ardeu como fogo ao vento, toda a resolução varrida por sua presença e sua completa submissão. Ela passou a noite inteira em seus braços, junto às cinzas da fogueira.

Outros três dias e noites na caverna, enquanto a nevasca se renovava e se dissipava lá fora, Falk e Estrel passaram dormindo e fazendo amor. Ela era sempre a mesma, dócil, aquiescente. Ele, tendo apenas a memória do amor alegre e prazeroso que compartilhara com Parth, sentia-se confuso com a insaciabilidade e a violência do desejo que Estrel despertava nele. Muitas vezes, o pensamento de Parth vinha acompanhado de uma imagem vívida, a memória de uma nascente de água clara e rápida que brotava entre as rochas em um lugar sombrio da floresta perto da Clareira. Mas nenhuma memória saciava sua sede, e novamente ele buscava satisfação na submissão sem limites de Estrel e encontrava, pelo menos, exaustão. Uma vez, tudo se transformou em raiva incompreendida. Ele a acusou:

— Você só me aceita porque acha que precisa fazer isso, que eu a teria estuprado de outra forma.

— E não teria?

— Não! — respondeu ele, acreditando nisso. — Eu não quero que você me sirva, que me obedeça... Não é calor, calor humano, que ambos queremos?

— É — sussurrou ela.

Ele não se aproximou dela por um tempo; decidiu que não a tocaria novamente. Ele foi sozinho com sua arma-lanterna para explorar o lugar estranho em que estavam. Após algumas centenas de passos, a caverna se estreitou, tornando-se um túnel alto, largo e nivelado. Escuro e silencioso, o túnel o conduziu em linha reta por um longo tempo, então virou sem se estreitar ou se ramificar e, após a curva escura, continuou e continuou. Seus passos ecoavam, abafados. Nada refletia a luz ou projetava sombras. Ele caminhou até ficar cansado e com fome, então voltou. Era tudo igual, não levando a lugar algum. Voltou para Estrel, para a promessa e a insatisfação infinitas de seu abraço.

A tempestade havia passado. Uma noite de chuva deixara a terra escura exposta, e os últimos montes de neve escavados gotejavam e brilhavam. Falk ficou no topo da escada, com a luz do sol em seus cabelos, o vento fresco em seu rosto e em seus pulmões. Sentia-se como uma toupeira saindo da hibernação, um rato saindo de um buraco.

— Vamos.

Ele chamou Estrel e voltou para a caverna apenas para ajudá-la a arrumar as coisas rapidamente e partir.

Perguntou se ela sabia onde estava seu povo.

— Provavelmente longe, a oeste, agora — respondeu ela.

— Eles sabiam que você estava cruzando o território basnasska sozinha?

— Sozinha? Só nos contos de fadas do Tempo das Cidades que as mulheres vão a algum lugar sozinhas. Um homem estava comigo. Os basnasska o mataram. — Seu rosto delicado estava impassível, inexpressivo.

Falk começou a explicar para si mesmo, então, a curiosa passividade dela, a falta de resposta que parecia quase uma traição dos sentimentos intensos dele. Ela suportara demais e não conseguia mais reagir. Quem era o companheiro que os basnasska haviam matado? Não era da conta de Falk, até que ela quisesse contar. Mas sua raiva se foi e, a partir daquele momento, ele tratou Estrel com confiança e ternura.

— Posso te ajudar a procurar seu povo?

— Você é um homem gentil, Falk — respondeu ela suavemente. — Mas eles estarão muito adiantados, e eu não posso percorrer todas as Planícies Ocidentais...

A nota resignada e paciente em sua voz o comoveu.

— Venha para o oeste comigo, então, até ter notícias deles. Você sabe o caminho que estou seguindo.

Ainda era difícil para ele dizer o nome "Es Toch", que na língua da floresta era abominável, uma obscenidade. Ele ainda não estava acostumado com a maneira como Estrel falava da cidade dos shing como um lugar comum entre tantos outros.

Ela hesitou, mas quando ele insistiu, concordou em ir com ele. Isso o agradou, por seu desejo por ela e sua compaixão por ela, pela solidão que ele conhecera e não desejava conhecer novamente. Eles partiram juntos sob o sol frio e o vento. O coração de Falk parecia leve por estar ao ar livre, por estar livre, por seguir adiante. Naquele momento, o fim da jornada não importava. O dia estava brilhante, nuvens largas e luminosas navegavam no céu, o caminho em si era seu próprio fim. Ele seguiu em frente, com a mulher gentil, dócil e incansável caminhando ao seu lado.

V

Eles atravessaram as Grandes Planícies a pé — o que é fácil de se dizer, mas não foi fácil nem rápido de se fazer. Os dias eram mais longos que as noites, e os ventos da primavera estavam se suavizando e ficando mais amenos quando avistaram, mesmo de longe, seu objetivo: a barreira, pálida pela neve e pela distância, a muralha que cruzava o continente de norte a sul. Falk parou então, contemplando as montanhas.

— No alto das montanhas está Es Toch — contou Estrel, olhando com ele. — Lá, espero que cada um de nós encontre o que busca.

— Muitas vezes, eu mais temo do que espero por isso… Mas estou feliz por ter visto as montanhas.

— Devemos seguir adiante daqui.

— Vou perguntar ao Príncipe se ele permite que partamos amanhã.

Mas, antes de deixá-la, ele se virou e olhou para o leste, para a terra desértica além dos jardins do Príncipe, por um momento, como se olhasse para trás, para todo o caminho que ele e ela haviam percorrido juntos.

Ele sabia ainda melhor agora o quanto o mundo que os homens habitavam era vazio e misterioso nesses últimos tempos de sua história. Por dias a fio, ele e sua companheira caminharam sem ver um único traço de presença humana.

No início de sua jornada, eles avançavam com cautela através dos territórios dos samsit e de outras nações de Caçadores de Gado, que Estrel sabia serem tão predatórias quanto os basnasska. Então, ao chegarem a um terreno mais árido, foram forçados a seguir caminhos que outros haviam usado antes para poder encontrar água; ainda assim, quando havia sinais de que pessoas tinham passado recentemente ou viviam por perto, Estrel mantinha uma vigilância aguçada e, às vezes, mudava de rota para evitar até mesmo o risco de serem vistos. Ela tinha um conhecimento geral e, em alguns lugares, notavelmente específico, da vasta área que estavam cruzando; e, às vezes, quando o terreno piorava e eles estavam em dúvida sobre qual direção tomar, ela dizia:

— Vamos esperar até o amanhecer.

E então, indo um pouco para longe, rezava por um minuto ao seu amuleto, depois voltava, enrolava-se em seu saco de dormir e dormia serenamente: e o caminho que escolhia ao amanhecer era sempre o certo.

— Instinto de Errante — dizia ela quando Falk admirava sua intuição. — De qualquer forma, enquanto ficarmos perto da água e longe dos seres humanos, estaremos seguros.

Certa vez, porém, muitos dias a oeste da caverna, seguindo a curva de um vale profundo de riacho, eles se depararam com um assentamento tão de repente que os guardas do lugar os cercaram antes que pudessem fugir. A chuva forte havia escondido qualquer visão ou som do lugar antes que eles o alcançassem. Quando as pessoas não demonstraram violência e se apresentaram dispostas a recebê-los por um dia ou dois, Falk ficou feliz, pois caminhar e acampar naquela chuva tinha sido sofrido.

Essa tribo ou povo se autodenominava os apicultores. Um grupo estranho, letrado e armado com lasers, todos vestidos da mesma forma, homens e mulheres, com longas túnicas de pano de inverno amarelo, marcados com uma cruz marrom no peito, eles eram hospitaleiros e pouco comunicativos. Ofereceram aos viajantes camas em seus alojamentos, construções longas, baixas e frágeis de madeira e barro, e comida farta em sua mesa comunal; mas falavam tão pouco, tanto com os estrangeiros quanto entre si, que pareciam quase uma comunidade de mudos.

— Eles fizeram voto de silêncio. Têm votos, juramentos e rituais, ninguém sabe ao certo do que se trata tudo isso — disse Estrel, com o desdém calmo e desinteressado que parecia sentir pela maioria dos homens.

Os errantes devem ser um povo orgulhoso, pensou Falk. Mas os apicultores superaram o desprezo dela: simplesmente nunca falavam com ela.

— Sua fêmea quer um par de nossos sapatos? — perguntavam a Falk, como se ela fosse seu cavalo e tivessem notado que precisava de ferraduras.

As próprias mulheres deles usavam nomes masculinos e eram tratadas e referidas como homens. Garotas sérias, com olhos límpidos e lábios silenciosos, viviam e trabalhavam como homens entre os jovens e homens igualmente sérios e sóbrios. Poucos dos apicultores tinham mais de quarenta anos, e nenhum tinha menos de doze. Era uma comunidade estranha, como os quartéis de inverno de um exército acampado ali no meio da solidão absoluta, em uma trégua de alguma guerra inexplicável; estranha, melancólica e admirável. A ordem e a frugalidade daquela vida lembravam Falk de sua casa na floresta, e a sensação de uma dedicação oculta, mas integral e impecável, era curiosamente reconfortante para ele. Eles tinham tanta certeza, esses belos guerreiros sem sexo, embora nunca dissessem ao estranho quanto a quê.

— Eles recrutam se reproduzindo com mulheres selvagens capturadas, como se fossem porcas, e criando os filhos em grupos. Eles adoram algo chamado Deus Morto e o aplacam com sacrifícios... assassinatos. Não passam de vestígios de alguma superstição antiga — disse Estrel, quando Falk falou algo a favor dos apicultores.

Apesar de toda a sua submissão, ela aparentemente se ressentia de ser tratada como uma criatura de uma espécie inferior. A arrogância em alguém tão passiva ao mesmo tempo comovia e divertia Falk, e ele a provocou de leve:

— Bem, eu já te vi ao anoitecer murmurando para o seu amuleto. As religiões diferem...

— De fato, diferem — concordou ela, mas parecia desanimada.

— Contra quem eles estão armados, eu me pergunto?

— O Inimigo deles, sem dúvida. Como se pudessem lutar contra os shing. Como se os shing precisassem se dar ao trabalho de lutar contra eles!

— Você quer seguir em frente, não é?

— Quero. Eu não confio nessas pessoas. Eles escondem muitas coisas.

Naquela noite, Falk foi se despedir do líder da comunidade, um homem de olhos cinzentos chamado Hiardan, talvez mais jovem que ele. Hiardan recebeu seus agradecimentos de forma lacônica, e então disse ao modo simples e comedido dos apicultores:

— Acho que você só nos falou a verdade. Por isso, agradeço. Teríamos recebido você mais abertamente e falado de coisas que sabemos se tivesse vindo sozinho.

Falk hesitou antes de responder.

— Lamento por isso. Mas eu não teria chegado até aqui sem minha guia e amiga. E... vocês vivem todos juntos aqui, Mestre Hiardan. Você já esteve sozinho alguma vez?

— Raramente — respondeu o outro. — A solidão é a morte da alma: o homem é a humanidade. É o nosso ditado. Mas também dizemos: não confies em ninguém além de irmãos e gêmeos da colmeia, conhecidos desde a infância. Essa é a nossa regra. É a única segura.

— Mas não tenho parentes, nem segurança, Mestre — disse Falk e, curvando-se de maneira militar, no estilo dos apicultores, despediu-se. Na manhã seguinte, ao amanhecer, seguiu para oeste com Estrel.

De tempos em tempos, enquanto caminhavam, avistavam outros assentamentos ou acampamentos, nenhum grande, todos muito distantes; talvez cinco ou seis em quinhentos ou seiscentos quilômetros. Em alguns desses, Falk, se estivesse sozinho, teria parado. Estava armado, e eles pareciam inofensivos: algumas tendas de nômades à beira de um riacho gelado, ou um pequeno pastor solitário em uma grande colina, observando os bois vermelhos meio selvagens, ou, ao longe, do outro lado do terreno ondulado, uma simples pluma de fumaça azulada sob o céu cinzento ilimitado. Ele havia deixado a floresta para buscar, de certa forma, alguma notícia de si mesmo, alguma pista de quem era ou um indício do que havia sido nos anos que não conseguia lembrar; como ele aprenderia se não ousasse arriscar perguntar? Mas Estrel tinha medo de parar até mesmo nos menores e mais pobres desses assentamentos das pradarias.

— Eles não gostam de errantes — disse ela —, nem de qualquer estranho. Aqueles que vivem tão sozinhos assim estão cheios de medo. Em seu medo, eles nos receberiam e nos dariam comida e abrigo. Mas aí, à noite, viriam nos amarrar e matar. Você não pode ir até eles, Falk — falou, olhando para os olhos dele —, e dizer *eu sou seu camarada, um homem*... Eles sabem que estamos aqui; eles observam. Se nos virem seguir adiante amanhã, não nos incomodarão. Mas se não continuarmos, ou se tentarmos ir até lá, eles terão medo de nós. É o medo que mata.

Queimado pelo vento e cansado da viagem, com o capuz para trás para que o vento cortante e ardente do oeste vermelho agitasse seus cabelos, Falk sentou-se com os braços cruzados sobre os joelhos perto da fogueira do acampamento, ao abrigo de uma colina irregular.

— É verdade — disse ele, embora falasse com nostalgia, seu olhar fixo naquela fumaça distante.

— Talvez essa seja a razão pela qual os shing não matam ninguém. — Estrel conhecia seu humor e tentava animá-lo, mudar seus pensamentos.

— Por quê? — perguntou ele, ciente da intenção dela, mas sem reagir.

— Porque eles não têm medo.

— Talvez. — Ela o fez pensar, embora não de modo muito animador. Ele terminou dizendo: — Bem, já que parece que devo ir direto até eles para fazer minhas perguntas, se me matarem, terei a satisfação de saber que os assustei…

Estrel balançou a cabeça.

— Eles não farão isso. Eles não matam.

— Nem mesmo baratas? — perguntou ele, descontando o mau humor de seu cansaço nela. — O que eles fazem com as baratas, em sua Cidade? Desinfetam-nas e as libertam de novo, como os Destruídos de que você me falou?

— Eu não sei — disse Estrel; ela sempre levava suas perguntas a sério. — Mas a lei deles é a reverência pela vida, e eles cumprem a lei.

— Eles não reverenciam a vida humana. Por que deveriam? Não são humanos.

— Mas é por isso que a regra deles é a reverência por toda a vida, não é? E me ensinaram que não houve mais guerras na Terra ou entre os mundos desde que os shing chegaram. São os humanos que matam uns aos outros!

— Não há humanos que poderiam fazer comigo o que os shing fizeram. Eu honro a vida, honro, porque é uma questão muito mais difícil e incerta do que a morte; e a qualidade mais difícil e incerta de todas é a inteligência. Os shing seguiram sua lei e me deixaram viver, mas mataram minha inteligência. Isso não é assassinato? Mataram o homem que eu era, a criança que eu fui. Brincar com a mente de um homem desse jeito, isso é reverência? A lei deles é uma mentira, e sua reverência é uma zombaria.

Constrangida pela raiva dele, Estrel ajoelhou-se perto do fogo, cortando e colocando em um espeto um coelho que ele havia caçado. O cabelo avermelhado encaracolava--se perto de sua cabeça curvada; seu rosto estava paciente e distante. Como sempre, ela o atraía por remorso e desejo. Apesar de tão próximos, ele nunca a entendia; seriam todas as mulheres assim? Ela era como um cômodo perdido em uma grande casa, como uma caixa entalhada para a qual ele não tinha a chave. Ela não escondia nada dele, e ainda assim seu segredo permanecia intocado.

Uma noite imensa escureceu quilômetros de terra e grama encharcadas pela chuva. As pequenas chamas da fogueira deles queimavam em um vermelho dourado no crepúsculo azul-claro.

— Está pronto, Falk — disse a voz suave.

Ele se levantou e foi até ela, ao lado da fogueira.

— Minha amiga, meu amor — disse ele, segurando sua mão por um momento. Eles se sentaram lado a lado e compartilharam a carne e, mais tarde, o sono.

Conforme avançavam mais para o oeste, as pradarias começaram a ficar mais secas, o ar mais límpido. Estrel os guiou para o sul por vários dias para evitar uma área que, segundo ela, era, ou havia sido, o território de um povo nômade muito selvagem, os cavaleiros. Falk confiava no julgamento dela, sem desejo algum de repetir sua experiência com os basnasska. No quinto e sexto dias desse curso para o sul, eles atravessaram uma região de colinas e chegaram a um terreno alto e árido, plano e sem árvores, eternamente varrido pelo vento. As ravinas se enchiam de torrentes quando chovia e, no dia seguinte, estavam secas novamente. No verão, aquilo deveria ser um semideserto; mesmo na primavera, era muito desolador.

Em seu caminho, passaram duas vezes por ruínas antigas, meros montes e colinas, mas alinhadas na geometria espaçosa de ruas e praças. Fragmentos de cerâmica, lascas de vidro colorido e plástico eram abundantes no solo esponjoso ao redor daqueles lugares. Fazia dois ou três mil anos, talvez, desde que haviam sido habitadas. Aquela vasta estepe, boa apenas para o pastoreio de gado, nunca havia sido reassentada após a diáspora para as estrelas, cuja data não era conhecida em definitivo nos registros fragmentados e falsificados deixados para os homens.

— É estranho pensar — começou Falk enquanto contornavam a segunda daquelas cidades há muito enterradas — que havia crianças brincando aqui e... mulheres pendurando a roupa... há tanto tempo. Outra era. Mais distante de nós do que os mundos ao redor de uma estrela distante.

— A Era das Cidades — disse Estrel —, a Era da Guerra... Nunca ouvi falar desses lugares, de nenhum dos meus. Podemos ter ido longe demais para o sul e estar indo em direção aos Desertos do Sul.

Então, eles mudaram de curso, indo para oeste e um pouco para o norte, e na manhã seguinte chegaram a um grande rio, alaranjado e turbulento, não muito profundo, mas perigoso de se atravessar, embora tenham passado o dia todo procurando um vau.

No lado oeste, o terreno era mais árido do que nunca. Eles haviam enchido suas garrafas no rio, e como a água havia sido um problema por excesso, em vez de falta, Falk pensava pouco nisso. O céu estava claro agora, e o sol brilhava o dia todo; pela primeira vez em centenas de quilômetros, eles não precisavam resistir ao vento frio enquanto caminhavam e podiam dormir secos e aquecidos. A primavera chegou rápida e radiante à terra seca; a estrela da manhã brilhava sobre a aurora, e flores silvestres desabrochavam sob seus passos. Mas eles não encontraram nenhum riacho ou nascente por três dias após atravessar o rio.

Na luta contra a enchente, Estrel havia pegado algum tipo de resfriado. Ela não falou nada sobre isso, mas não manteve seu ritmo incansável, e seu rosto começou a parecer pálido. Então, a disenteria a atingiu. Eles montaram acampamento mais cedo. Deitada ao lado da fogueira de gravetos à noite, ela começou a chorar, apenas alguns soluços secos, mas isso já era muito para alguém que mantinha as emoções tão trancadas dentro de si.

Inquieto, Falk tentou confortá-la, segurando suas mãos; ela estava quente de febre.

— Não me toque — pediu ela. — Não, não. Eu perdi, eu perdi, o que vou fazer?

E ele viu então que o cordão e o amuleto de jade pálido haviam sumido de seu pescoço.

— Devo ter perdido ao atravessar o rio — disse ela, controlando-se, deixando que ele segurasse sua mão.

— Por que não me contou…?

— Para quê?

Ele não teve resposta para isso. Ela ficou quieta novamente, mas ele sentia sua ansiedade reprimida e febril. Ela piorou durante a noite e, pela manhã, estava muito doente. Não conseguia comer e, embora atormentada pela sede, não conseguia suportar o sangue de coelho, que era tudo o que ele podia oferecer para beber. Ele a deixou o mais confortável possível e, pegando suas garrafas vazias, partiu para procurar água.

Quilômetro após quilômetro de grama persistente e salpicada de flores e arbustos agrupados se estendiam, ondulando levemente até a borda brilhante e nebulosa do céu. O sol brilhava intensamente; cotovias do deserto erguiam-se cantando da terra. Falk seguiu em um ritmo rápido e constante, confiante no início, depois obstinado, cobrindo uma longa área ao norte e leste do acampamento. As chuvas da semana passada já haviam penetrado fundo no solo, e não havia riachos. Não havia água. Ele teria que seguir e procurar a oeste do acampamento. Ao voltar do leste, ele procurava ansiosamente pelo acampamento quando, de uma elevação baixa e distante, viu algo a quilômetros ao oeste, uma mancha, um borrão escuro do que poderia ser árvores. Um momento depois, ele avistou a fumaça mais próxima da fogueira do acampamento e partiu na direção dela em uma corrida leve, embora estivesse cansado, o sol baixo batendo em seus olhos e sua boca seca como giz.

Estrel mantivera o fogo queimando para guiá-lo de volta. Ela estava deitada ao lado da fogueira em seu saco de dormir gasto. Não levantou a cabeça quando ele chegou.

— Há árvores não muito longe a oeste daqui; pode haver água. Eu peguei o caminho errado esta manhã — disse ele, juntando suas coisas e colocando a mochila.

Ele teve que ajudar Estrel a se levantar; segurou seu braço e eles partiram. Curvada, com um olhar perdido em seu rosto, ela lutou para acompanhá-lo por um quilômetro, e depois outro. Eles subiram uma das longas ondulações do terreno.

— Ali! — exclamou Falk. — Ali, está vendo? São árvores, com certeza; deve haver água lá.

Mas Estrel havia caído de joelhos, depois deitado de lado na grama, encolhida de dor, com os olhos fechados. Ela não conseguia andar mais.

— São quatro ou cinco quilômetros, no máximo, acho. Vou fazer uma fogueira aqui, e você pode descansar; vou encher as garrafas e volto. Tenho certeza de que há água lá, e não vai demorar.

Ela permaneceu imóvel enquanto ele juntava toda a lenha que podia e fazia uma pequena fogueira, empilhando mais madeira verde onde ela poderia pegar para alimentar o fogo.

— Volto logo — disse ele, e partiu.

Nesse momento, ela se sentou, pálida e trêmula.

— Não! — gritou. — Não me deixe! Você não pode me deixar sozinha... você não pode ir...

Não havia como argumentar com Estrel. Ela estava doente e assustada além da razão. Falk não poderia deixá-la ali, com a noite chegando; talvez pudesse, mas não parecia certo. Ele a puxou para cima, o braço dela por cima de seu ombro, meio puxando e meio carregando-a, e seguiu em frente.

Na próxima elevação, ele avistou as árvores novamente, parecendo tão distantes quanto antes. O sol se punha à frente deles, em uma névoa dourada sobre o oceano de terra. Ele carregava Estrel agora, e a intervalos de poucos minutos tinha que parar e deitar seu fardo no chão, caindo ao lado dela para recuperar o fôlego e as forças. Parecia-lhe que, se tivesse um pouco de água, apenas o suficiente para molhar sua boca, não seria tão difícil.

— Há uma casa — sussurrou para ela, sua voz seca e sibilante. E depois: — É uma casa, entre as árvores. Não está muito longe... — Dessa vez, ela o ouviu e torceu o corpo debilmente, lutando contra ele.

— Não vá até lá — gemeu. — Não, não vá lá. Não para as casas. Ramarren não deve ir para as casas. Falk...

Ela começou a murmurar debilmente em uma língua que ele não conhecia, como se estivesse pedindo ajuda. Ele continuou a avançar, curvado sob o peso dela.

Através do crepúsculo tardio, uma luz brilhou, repentina e dourada, em seus olhos: uma luz vinda de janelas altas, atrás de árvores altas e escuras.

Um uivo áspero brotou na direção da luz, ficando mais alto, aproximando-se dele. Ele lutou para continuar, então parou, vendo sombras correndo em sua direção no crepúsculo, emitindo aquele uivo, aquele clamor rouco. Formas sombrias pesadas, da altura de sua cintura, o cercaram, avançando e estalando os dentes enquanto ele permanecia segurando o peso inconsciente de Estrel. Ele não conseguia sacar sua arma e não ousava se mover. As luzes das janelas altas brilhavam serenamente a apenas algumas centenas de metros de distância. Ele gritou:

— Socorro! Socorro! — Mas sua voz era apenas um sussurro rouco.

Outras vozes falaram alto, chamando nitidamente à distância. As feras das sombras se afastaram, esperando. Pessoas se aproximaram de onde ele, ainda segurando Estrel, havia caído de joelhos.

— Levem a mulher — disse a voz de um homem.

— O que temos aqui? — disse outro com clareza. — Um novo par de homens-instrumento?

Mandaram que ele se levantasse, mas ele resistiu.

— Não a machuquem... ela está doente... — sussurrou.

— Anda logo, então!

Mãos ásperas e impacientes o forçaram a obedecer. Ele deixou que tirassem Estrel de seus braços. Estava tão tonto de exaustão que levou um tempo para entender o que lhe acontecera e onde estava. Deram-lhe bastante água fresca. Isso era tudo o que ele sabia, tudo o que importava.

Estava sentado. Alguém, falando um idioma que ele não compreendia, tentava convencê-lo a beber um copo de algum líquido. Pegou o copo e bebeu. A bebida queimava, com um forte aroma de zimbro. Um copo, um copinho de vidro ligeiramente esverdeado e opaco: isso ele viu com clareza, primeiro. Não bebia de um copo desde que saíra da Casa de Zove. Sacudiu a cabeça, sentindo o líquido volátil limpar sua garganta e clarear sua mente, e ergueu os olhos.

Estava em um salão, um salão imenso. A vasta extensão do piso de pedra polida refletia vagamente a parede oposta, sobre a qual, ou dentro da qual, brilhava um grande disco de luz num amarelo suave. O calor radiante do disco era palpável em seu rosto erguido. A meio caminho entre ele e o círculo luminoso semelhante a um sol, havia uma cadeira alta e imponente sobre o chão nu. Ao lado dela, imóvel, em silhueta, uma fera escura estava agachada.

— O que é você?

Ele viu o ângulo do nariz e do maxilar, a mão negra apoiada no braço da cadeira. A voz era profunda, dura como pedra. As palavras não eram em galáctica, a língua que ele falava havia tanto tempo, mas sim no idioma da floresta, embora em um dialeto diferente.

— Eu não sei o que sou — disse ele devagar, sinceramente. — Minha identidade me foi tirada há seis anos. Numa Casa da Floresta, aprendi o caminho dos homens. Vou a Es Toch para tentar descobrir meu nome e minha natureza.

— Você vai ao Lugar da Mentira para encontrar a verdade? Instrumentos e jumentos percorrem a Terra exausta em muitas missões, mas essa supera todas em loucura... ou em mentira. O que o trouxe ao meu Reino?

— Minha companheira...

— Vai me dizer que foi ela quem o trouxe até aqui?

— Ela ficou doente; eu estava procurando água. Ela está...?

— Cale-se. Ainda bem que não disse que foi ela quem o trouxe aqui. Você sabe onde está?

— Não.

— Este é o Enclave de Kansas. Sou seu Mestre. Sou seu Senhor, seu Príncipe e seu Deus. Eu decido o que acontece aqui. Aqui jogamos um dos grandes jogos. Chama-se Rei do Castelo. As regras são muito antigas, e são as únicas leis que me regem. O resto, eu crio.

O sol manso e suave brilhava do chão ao teto, de parede a parede, atrás do homem que se levantava de sua cadeira. No alto, muito acima, abóbadas escuras e vigas sustentavam a luz dourada que se refletia entre as sombras. A luminosidade recortava a silhueta de um nariz aquilino, uma testa alta e inclinada, um corpo esguio, poderoso, de postura majestosa e gestos bruscos. Quando Falk se moveu um pouco, a criatura mitológica ao lado do trono se espreguiçou e rosnou. A bebida perfumada de zimbro já volatilizara sua mente; ele deveria estar pensando que a loucura fazia aquele homem se chamar de rei; em vez disso, pensava que a realeza é que o havia enlouquecido.

— Então você ainda não descobriu seu nome?

— Aqueles que me acolheram me chamaram de Falk.

— Partir em busca de seu verdadeiro nome... que caminho um homem poderia trilhar que fosse melhor do que esse? Não me espanta que tenha passado pelo meu portão. Eu te aceito como um Jogador do Jogo — disse o Príncipe de Kansas. — Não é toda noite que um homem com olhos como joias amarelas vem bater à minha porta. Recusá-lo seria cauteloso, mas também indelicado, e o que é a realeza, senão risco e elegância? Chamaram você de Falk, mas eu não o chamarei assim. No jogo, você é Pedra-Opala. Você é livre para se mover. Griffon, fique quieto!

— Príncipe, minha companheira...

— ...é uma shing, um instrumento ou uma mulher: para que a mantém por perto? Fique quieto, homem; não seja tão rápido em responder a reis. Eu sei para que a mantém. Mas ela não tem nome e não joga o jogo. As mulheres dos meus vaqueiros estão cuidando dela, e não falarei mais sobre o assunto. — O Príncipe se aproximava, atravessando lentamente o chão nu enquanto falava. — O nome do meu companheiro é Griffon. Você já ouviu falar, nas antigas Lendas e Cânones, de um animal chamado cão? Griffon é um cão. Como pode ver, ele tem pouco em comum com os coiotes amarelos que correm pelas planícies, embora sejam parentes. Sua raça está extinta, como a realeza. Pedra-Opala, o que você mais deseja?

O Príncipe perguntou isso com uma afabilidade astuta e abrupta, olhando para o rosto de Falk. Cansado, confuso e resoluto a dizer a verdade, Falk respondeu:

— Ir para casa.

— Ir para casa... — O Príncipe de Kansas era negro como sua silhueta ou sua sombra, um homem idoso, preto retinto, com mais de dois metros de altura, e um rosto afiado como uma lâmina. — Ir para casa...

Ele se afastou um pouco para observar a longa mesa ao lado da cadeira de Falk. Agora Falk via que toda a superfície da mesa era rebaixada alguns centímetros dentro de uma moldura e continha uma rede de fios dourados e prateados nos quais estavam enfiadas contas perfuradas de tal forma que podiam deslizar de um fio para outro e, em certos pontos, de um nível para outro. Havia centenas de contas, algumas eram grandes como o punho de um bebê, outras pequenas como sementes de maçã, feitas de argila, pedra, madeira, metal, osso, plástico e vidro, e também ametista, ágata, topázio, turquesa, opala, âmbar, berilo, cristal, granada, esmeralda, diamante. Era uma moldura de padrões, como as que Zove, Buckeye e outros na Casa possuíam. Diziam que originalmente vinha da grandiosa cultura de Davenant, embora fosse agora muito antiga na Terra. Servia como oráculo, computador, ferramenta de disciplina mística, brinquedo. Na breve segunda vida de Falk, ele não tivera tempo de aprender muito sobre as molduras de padrões. Buckeye comentara certa vez que levava uns quarenta ou cinquenta anos para alguém se tornar hábil com uma. A dela, herança de família, tinha apenas vinte e cinco centímetros de cada lado, com vinte ou trinta contas...

Um prisma de cristal tocou uma esfera de ferro com um tilintar nítido e ínfimo. A turquesa disparou para a esquerda, enquanto um elo duplo de osso polido cravejado de granadas descia em espiral para a direita. No centro exato da moldura, uma opala de fogo brilhou intensamente por um instante. Mãos negras, magras e fortes se moviam com rapidez pelos fios, jogando com as joias da vida e da morte.

— Então — disse o Príncipe —, você quer ir para casa. Mas olhe! Consegue ler a moldura? Imensidão. Ébano, diamante, cristal, todas as joias do fogo, e a Pedra-Opala entre elas, seguindo em frente, partindo. Para além da Casa do Rei, além da Prisão-Janela, além das colinas e vales de Kopernik, a pedra voa entre as estrelas. Será que você vai quebrar a moldura, a moldura do tempo? Veja ali!

O deslizar e cintilar das contas ofuscavam os olhos de Falk.

— Eu não consigo ler... — sussurrou ele segurando na borda da grande moldura de padrões.

— Esse é o jogo que você joga, Pedra-Opala, quer você consiga ler ou não. Bom, muito bom. Meus cães latiram para um mendigo esta noite, e ele se revela um príncipe da luz estelar. Pedra-Opala, quando eu vier pedir água dos seus poços e abrigo entre seus muros, você me deixará entrar? Será uma noite mais fria que esta... e daqui a muito, muito tempo! Você veio de um passado muito distante. Eu sou velho, mas você é muito mais velho; já deveria ter morrido há um século. — O Príncipe se afastou, sua voz ecoando pelo salão. — Você se lembrará, daqui a um século, que no deserto encontrou um rei? Vá, vá, eu disse que aqui você é livre para se mover. Há pessoas para servi-lo, se precisar.

Falk atravessou a longa sala até um portal com cortinas. Do lado de fora, em uma antecâmara, um garoto esperava; ele chamou outros. Sem surpresa ou servilismo, demonstrando respeito apenas ao aguardarem Falk falar primeiro, providenciaram-lhe um banho, uma muda de roupas, jantar e uma cama fresca em um quarto tranquilo.

Ele viveu treze dias ao todo na Grande Casa do Enclave de Kansas, enquanto os últimos flocos de neve e as chuvas dispersas da primavera varriam as terras desérticas além dos jardins do Príncipe. Estrel, em recuperação, permanecia em uma das muitas casas menores que cercavam a grande mansão. Falk era livre para estar com ela sempre que quisesse... livre para fazer o que bem entendesse. O Príncipe governava seu domínio de maneira absoluta, mas sua autoridade não era imposta; era aceita como uma honra. Seu povo escolhia servi-lo, talvez porque, ao afirmar a grandeza inata e essencial de uma única pessoa, reafirmassem sua própria dignidade. Não eram mais de duzentos, vaqueiros, jardineiros, artesãos e consertadores, suas esposas e filhos. Era um reino bem pequeno. Ainda assim, para Falk, depois de alguns dias, não restava dúvida de que, mesmo sem súditos, mesmo vivendo ali completamente só, o Príncipe de Kansas continuaria sendo um príncipe, nada mais, nada menos. Era, mais uma vez, uma questão de essência.

Essa realidade peculiar, essa autenticidade singular do domínio do Príncipe, o fascinou e absorveu a tal ponto que, por dias, mal pensou no mundo lá fora — aquele mundo disperso, violento e incoerente pelo qual viajava há tanto tempo. Mas, no décimo terceiro dia, conversando com Estrel e mencionando sua partida, começou a se perguntar qual era a relação daquele enclave com o resto do mundo e disse:

— Pensei que os shing não tolerassem que nenhum homem tivesse soberania sobre outros. Por que deixam que ele vigie suas fronteiras aqui, chamando a si mesmo de príncipe e rei?

— Por que não o deixariam delirar? Este Enclave de Kansas cobre um território grande, mas é árido e despovoado. Por que os Senhores de Es Toch se incomodariam com ele? Suponho que, para eles, não passe de uma criança tola, se gabando e tagarelando.

— E para você, ele é isso?

— Bem... Você viu quando a nave passou ontem?

— Vi, sim.

Um aerocarro — o primeiro que Falk via na vida, embora reconhecesse o ronco pulsante do motor — cruzara diretamente sobre a casa, muito alto, ficando visível por vários minutos. O povo da casa do Príncipe correu para os jardins, batendo panelas e matracas, os cães e as crianças uivaram, e o Príncipe, de uma varanda no alto, disparou solenemente uma série de fogos de artifício ensurdecedores, até a nave desaparecer no poente turvo.

— Eles são tão tolos quanto os basnasska, e esse homem é louco.

Embora o Príncipe se recusasse a vê-la, seu povo tinha sido muito gentil com Estrel. O tom amargo em sua voz suave surpreendeu Falk.

— Os basnasska esqueceram o antigo caminho dos homens — disse ele. — Talvez esse povo se lembre bem demais dele. — Riu. — De qualquer forma, a nave seguiu adiante.

— Não porque eles a espantaram com fogos de artifício, Falk — respondeu ela seriamente, como se tentasse lhe dar um aviso.

Ele a observou por um momento. Ela claramente não via nada da dignidade lunática e poética daqueles fogos de artifício, que chegavam a enobrecer até mesmo o aerocarro dos shing com a grandiosidade de um eclipse solar. À sombra da calamidade total, por que não soltar fogos de artifício? Mas, desde sua enfermidade e a perda do talismã de jade, Estrel estava ansiosa e sem alegria, e a estada ali, que tanto agradava Falk, para ela era apenas uma provação. Estava na hora de partirem.

— Vou falar com o Príncipe sobre nossa partida — disse ele gentilmente.

Deixando-a ali sob os salgueiros já pontilhados de brotos amarelo-esverdeados, subiu pelos jardins em direção à grande casa. Cinco dos cães pretos de pernas compridas e ombros largos o acompanharam trotando, uma guarda de honra da qual ele sentiria falta quando deixasse o lugar.

O Príncipe de Kansas estava em sua sala do trono, lendo. O disco que cobria a parede leste durante o dia brilhava agora em tons de prata mosqueada, uma lua doméstica; só à noite cintilava com calor e luz solar suaves. O trono de madeira petrificada polida dos desertos do sul erguia-se defronte a ele. Apenas na primeira noite Falk o vira sentado ali. Agora, o Príncipe ocupava uma das cadeiras perto da moldura de padrões, e atrás dele as janelas de seis metros de altura, voltadas para o oeste, permaneciam descortinadas. Ao longe, as montanhas escuras se erguiam, suas cristas cobertas de gelo.

O Príncipe ergueu o rosto afiado como uma lâmina e ouviu o que Falk tinha a dizer. Em vez de responder, tocou o livro que estava lendo. Não era um dos belos pergaminhos ilustrados de sua extraordinária biblioteca, mas um pequeno volume manuscrito, encadernado em papel.

— Conhece este Cânone?

Falk olhou para onde ele apontava e viu os versos:

O que os homens temem
deve ser temido.
Ó desolação!
Ainda não
ainda não chegou ao limite!

— Conheço, Príncipe. Parti nesta jornada com ele na mochila. Mas não consigo ler a página à esquerda no seu exemplar.

— Esses são os símbolos em que foi escrito pela primeira vez, há cinco ou seis mil anos: a língua do Imperador Amarelo, meu ancestral. Você perdeu o seu pelo caminho? Fique com este, então. Mas acabará perdendo também, imagino; ao seguir o Caminho, o caminho se perde. Ó desolação! Por que você sempre diz a verdade, Pedra-Opala?

— Não sei ao certo. — De fato, embora Falk tivesse decidido, pouco a pouco, que não mentiria para ninguém, por mais arriscada que a verdade pudesse parecer, ele não sabia por que chegara a essa decisão. — Usar a arma do inimigo... é jogar o jogo do inimigo...

— Ah, eles venceram esse jogo há muito tempo. Então vai partir? Vá, então, sem dúvida já é hora. Mas vou manter sua companheira aqui por um tempo.

— Eu disse a ela que a ajudaria a encontrar seu povo, Príncipe.

— O povo dela? — O rosto duro e sombreado se voltou para ele. — O que acha que ela é?

— Ela é uma errante.

— E eu sou uma noz verde, você é um peixe, e aquelas montanhas são feitas de bosta de carneiro assada! Que seja. Fale a verdade e ouça a verdade. Colha os frutos dos meus pomares floridos enquanto caminha para o oeste, Pedra-Opala, e beba o leite dos meus mil poços à sombra da samambaiaçu. Não governo eu um reino encantador? Miragens e poeira, direto para a escuridão ao oeste. É desejo ou lealdade que faz você se prender a ela?

— Viemos de muito longe juntos.

— Não confie nela!

— Ela me deu ajuda, e esperança; somos companheiros. Há confiança entre nós, como posso quebrá-la?

— Ó tolo, ó desolação! — disse o Príncipe de Kansas. — Dou-lhe dez mulheres para acompanhá-lo até o Lugar da Mentira, com alaúdes, flautas, pandeiros e pílulas anticoncepcionais. Dou-lhe cinco bons amigos, armados com fogos de artifício. Dou-lhe um cão... de verdade mesmo, um cão vivo e extinto, para ser seu verdadeiro companheiro. Sabe por que os cães desapareceram? Porque eram leais. Porque confiavam. Vá sozinho, homem!

— Não posso.

— Vá como quiser. O jogo aqui terminou.

O Príncipe se ergueu, caminhou até o trono sob o círculo lunar e se sentou. Não virou a cabeça quando Falk tentou se despedir.

VI

Com sua única lembrança de um único pico para representar a palavra "montanha", Falk imaginara que, assim que chegassem às montanhas, teriam chegado a Es Toch. Não percebera que precisariam escalar o telhado de um continente. Cordilheira após cordilheira, as montanhas se erguiam; dia após dia, os dois subiam, lentamente, para o mundo das alturas, e ainda assim seu destino continuava mais acima, mais além, para o sudoeste. Entre as florestas, os desfiladeiros e as encostas de neve e granito que conversavam com as nuvens, de tempos em tempos aparecia um pequeno acampamento ou vilarejo ao longo do caminho. Muitas vezes, não podiam evitá-los, pois havia apenas um caminho a seguir. Passavam montados nas mulas, o presente principesco do Príncipe ao partirem, e ninguém os detinha. Estrel explicou que os habitantes das montanhas, vivendo ali à porta dos shing, eram um povo desconfiado, que nem molestava nem acolhia estranhos, e que o melhor era deixá-los em paz.

Acampar nas montanhas em abril era frio, e a única vez em que pararam em um vilarejo foi um alívio bem-vindo. Era um lugar minúsculo, quatro casas de madeira à beira de um riacho barulhento, em um cânion sombreado por picos envoltos em tempestades; mas tinha um nome, Besdio, e Estrel contou que estivera ali anos atrás, quando ainda era menina. Os moradores de Besdio, alguns dos quais tinham pele clara e cabelos avermelhados como os dela, trocaram algumas palavras com Estrel. Falavam no idioma dos errantes; Falk sempre conversara com Estrel em galáctica e não aprendera essa língua ocidental. Ela explicou algo, apontando para o leste e o oeste; os montanheses assentiram com frieza, observando Estrel atentamente e lançando a Falk apenas olhares furtivos. Fizeram poucas perguntas e ofereceram comida e abrigo por uma noite sem relutância, mas com um ar distante e indiferente que deixou Falk vagamente inquieto.

No entanto, o estábulo onde passariam a noite era quente, aquecido pelo calor vivo do gado, das cabras e das aves amontoadas ali, suspirando e murmurando em uma convivência pacífica e cheia de odores. Enquanto Estrel conversava um pouco mais com os anfitriões na cabana principal, Falk seguiu para o estábulo e se acomodou. No celeiro acima dos currais, preparou uma cama luxuosa de feno e estendeu os cobertores sobre ela. Quando Estrel chegou, ele já estava meio adormecido, mas despertou o suficiente para comentar.

— Ainda bem que você veio... Sinto cheiro de algo escondido aqui, mas não sei o quê.

— Não é o único cheiro que sinto.

Essa foi a coisa mais próxima de uma piada que Estrel já fizera, e Falk olhou para ela com um pouco de surpresa.

— Você está feliz por estarmos chegando à Cidade, não é? — perguntou ele. — Quem me dera sentir o mesmo.

— Por que não estaria? Lá espero encontrar meu povo; e, se não os encontrar, os Senhores me ajudarão. E lá você também encontrará o que busca e será restaurado à sua herança.

— Minha herança? Achei que você me considerasse um Destruído.

— Você? Nunca! Falk, você realmente acredita que foram os shing que mexeram com a sua mente? Você disse isso uma vez, lá nas planícies, e eu não entendi na época. Como pode pensar que é um Destruído ou um homem qualquer? Você não nasceu na Terra!

Raramente ela falava com tanta certeza. Suas palavras o animaram, pois iam ao encontro do que ele próprio esperava, mas também o intrigaram, pois Estrel andava silenciosa e preocupada já fazia algum tempo. Então, ele notou algo pendurado em um cordão de couro no pescoço dela.

— Eles lhe deram um amuleto.

Era dali que vinha sua esperança renovada.

— Sim — disse ela, olhando o pingente com satisfação. — Somos da mesma fé. Agora tudo dará certo para nós.

Ele sorriu de leve diante da superstição dela, mas ficou contente que aquilo lhe trouxesse conforto. Quando foi dormir, sabia que ela ainda estava acordada, deitada no escuro, cercada pelo fedor, pela presença e pela respiração tranquila dos animais. Antes do amanhecer, quando o galo cantou, ele despertou e a ouviu murmurando orações para seu amuleto na língua que ele não conhecia.

Seguiram caminho por uma trilha que serpenteava ao sul dos picos tempestuosos. Restava ainda cruzar uma última barreira de montanhas, e por quatro dias eles escalaram, até o ar se tornar rarefeito e gelado, o céu de um azul profundo, e o sol de abril brilhar ofuscante sobre as nuvens brancas feito lã que pastavam nos vales muito abaixo deles. Então, quando alcançaram o cume da passagem, o céu escureceu, e a neve caiu sobre as rochas nuas, branqueando as vastas encostas vermelhas e cinzentas. Havia um abrigo para viajantes no passo, e lá eles se encolheram com as mulas até que a neve parasse e pudessem começar a descida.

— Agora o caminho é fácil — disse Estrel, virando-se sobre sua mula para olhar Falk, por entre as orelhas balançantes do animal dele. Ele sorriu, mas dentro dele crescia um pressentimento sombrio, que só aumentava à medida que seguiam adiante e desciam, rumo a Es Toch.

Eles se aproximavam cada vez mais, e a trilha se alargou até virar uma estrada; começaram a ver cabanas, fazendas, casas. Mas quase não havia gente à vista, pois o frio e a chuva mantinham as pessoas abrigadas sob um teto. Os dois viajantes continuaram descendo a estrada solitária sob a chuva. Na terceira manhã depois do cume, o dia raiou claro, e após algumas horas de cavalgada, Falk deteve sua mula, lançando um olhar questionador a Estrel.

— O que foi, Falk?

— Chegamos... isto é Es Toch, não é?

O terreno se nivelava ao redor deles, embora picos distantes ainda fechassem todo o horizonte. Os pastos e os campos de cultivo haviam dado lugar a casas, casas e mais casas. Havia cabanas, barracos, cortiços, estalagens, lojas onde mercadorias eram fabricadas e trocadas. Crianças por toda parte, gente na estrada, gente nas vias secundárias, gente a pé, a cavalo, em mulas, em deslizadores, indo e vindo: era lotado e escasso ao mesmo tempo, frenético e relaxado, sujo, monótono e vibrante sob o céu de um azul profundo da manhã nas montanhas.

— Falta mais de dois quilômetros para Es Toch.

— Então que cidade é esta?

— Os arredores da cidade.

Falk olhou ao redor, consternado e empolgado. A estrada que ele seguira desde a casa na Floresta Oriental agora era uma rua, e essa rua o arrastava depressa demais para seu destino. Sentados ali sobre as mulas, no meio do caminho, percebiam olhares furtivos, mas ninguém parava, ninguém falava. As mulheres desviavam o rosto. Só algumas crianças esfarrapadas os encaravam, ou apontavam e gritavam, antes de sumirem em vielas imundas ou atrás dos barracos. Não era o que Falk esperava. Mas o que, afinal, ele esperava?

— Eu não sabia que havia tanta gente no mundo — disse, por fim. — Eles se amontoam ao redor dos shing como moscas no esterco.

— Larvas de mosca prosperam no esterco — respondeu Estrel secamente. Então, olhando-o de relance, estendeu a mão e tocou levemente a dele. — Estes são os rejeitados, os parasitas, a plebe além dos muros. Vamos em frente, para a Cidade, a verdadeira Cidade. Viemos de muito longe para vê-la...

Continuaram avançando; e logo, por cima dos telhados dos casebres, avistaram as torres verdes e lisas, sem janelas, resplandecentes sob a luz do sol.

O coração de Falk disparou; e ele notou que Estrel murmurava algumas palavras ao amuleto que recebera em Besdio.

— Não podemos entrar na cidade montados nas mulas — disse ela. — Podemos deixá-las aqui.

Eles pararam diante de um estábulo público caindo aos pedaços. Estrel conversou um tempo em tom persuasivo com o homem que cuidava do lugar, falando a língua ocidental. Quando Falk lhe perguntou o que ela havia dito, Estrel respondeu:

— Para ficarem com nossas mulas como garantia.

— Garantia?

— Se não pagarmos pela estada delas, ele fica com elas. Você não tem dinheiro, tem?

— Não — disse Falk humildemente. Não apenas não tinha dinheiro, como nunca tinha visto dinheiro; e embora a língua galáctica tivesse um termo para isso, seu dialeto da floresta não tinha.

O estábulo era a última construção antes de um campo de destroços e lixo que separava a favela de um longo e alto muro de blocos de granito. Havia apenas uma entrada para Es Toch para aqueles que chegavam a pé. Dois grandes pilares cônicos marcavam o portão. No pilar à esquerda, estava entalhada uma inscrição em galáctica: REVERÊNCIA PELA VIDA. No da direita, uma frase mais longa, em caracteres que Falk nunca tinha visto. Não havia tráfego pelo portão, nem guardas.

— O Pilar da Mentira e o Pilar do Segredo — disse ele em voz alta enquanto passava entre eles, recusando-se a se deixar impressionar. Mas então entrou em Es Toch, viu a cidade e parou, sem dizer nada.

A Cidade dos Senhores da Terra se erguia sobre as duas bordas de um desfiladeiro, uma fenda colossal nas montanhas, estreita, fantástica, suas muralhas pretas riscadas de verde despencando vertiginosamente por quase um quilômetro até um fio prateado de rio escondido nas sombras lá embaixo. Bem na beira dos penhascos, as torres da cidade se projetavam, mal tocando o solo, ligadas entre si por delicadas pontes suspensas. Torres, passarelas e pontes desapareciam pouco antes de uma curva abrupta no desfiladeiro, onde o muro voltava a fechar a cidade. Helicópteros de pás translúcidas pairavam sobre o abismo, deslizadores corriam pelas ruas parcialmente ocultas e pelas pontes esguias. O sol, ainda baixo sobre os picos massivos a leste, mal parecia lançar sombras ali; as grandes torres verdes brilhavam como se fossem translúcidas à luz.

— Venha — disse Estrel, um passo à frente dele, os olhos brilhando. — Não há nada a temer aqui, Falk.

Ele a seguiu. Não havia ninguém na rua, que descia entre prédios mais baixos em direção às torres na beira do precipício. Uma vez, ele olhou para trás, para o portão, mas já não conseguia mais ver a abertura entre os pilares.

— Para onde vamos?

— Há um lugar que conheço, uma casa onde meu povo se reúne.

Ela segurou o braço dele, a primeira vez que fazia isso em toda a jornada que tinham feito juntos e, agarrando-se a ele, manteve os olhos baixos enquanto desciam pela longa rua em ziguezague. Agora, à direita, os prédios assomavam altos à medida que se aproximavam do coração da cidade, e à esquerda, sem muro ou parapeito, o desfiladeiro vertiginoso se abria em sombras, um abismo de trevas entre as torres luminosas empoleiradas na borda.

— Mas se precisarmos de dinheiro aqui…

— Eles cuidarão de nós.

Pessoas vestidas de maneira alegre e exótica passavam por eles em deslizadores; nos terraços elevados dos prédios de paredes lisas, helicópteros pousavam e decolavam num piscar de olhos. No alto, sobre o desfiladeiro, um aerocarro zumbia, subindo.

— São todos... shing?

— Alguns.

Sem perceber, ele mantinha a mão livre sobre o laser.

— Não use sua arma de luz aqui, Falk — disse Estrel, sem olhar para ele, mas sorrindo levemente. — Você veio para recuperar sua memória, não para perdê-la.

— Para onde estamos indo, Estrel?

— Aqui.

— Aqui? Mas isso é um palácio.

A parede esverdeada e luminosa se erguia, sem janelas, sem detalhes, sumindo no céu. Diante deles, uma passagem quadrada encontrava-se aberta.

— Eles me conhecem aqui. Não tenha medo. Venha comigo.

Ela se agarrou mais ao braço de Falk. Ele hesitou. Olhando para a rua atrás deles, viu vários homens, os primeiros que via a pé, aproximando-se lentamente, observando-os. Aquilo o assustou e, com Estrel, entrou no prédio, passando por portais automáticos que se abriam conforme eles se aproximavam.

Assim que entrou, uma sensação de erro, um pressentimento horrível de que havia cometido um engano medonho, o fez parar.

— O que é este lugar? Estrel...

Era um salão alto, banhado por uma luz esverdeada e espessa, escuro como o interior de uma caverna submersa.

Havia corredores e passagens, por onde homens se aproximavam, apressados. Estrel tinha se afastado dele. Em pânico, ele se virou para as portas atrás de si: estavam fechadas agora. Não havia maçanetas. Silhuetas sombrias de homens invadiram o salão, correndo e gritando. Falk recuou contra as portas trancadas e tentou pegar seu laser. Mas a arma não estava mais com ele. Estava nas mãos de Estrel. Ela estava atrás dos homens que o cercavam. E enquanto ele tentava abrir caminho, foi agarrado, lutou e foi espancado, ouviu, por um instante, um som que jamais tinha escutado antes: o riso dela.

■

Um som desagradável reverberou nos ouvidos de Falk; um gosto metálico encheu sua boca. Sua cabeça girou quando tentou levantá-la, seus olhos não conseguiam focar, e seu corpo parecia não responder. Aos poucos, percebeu que estava despertando da inconsciência, e imaginou que não conseguia se mover porque havia sido ferido ou drogado. Então notou que seus pulsos estavam algemados por uma corrente curta, assim como seus tornozelos. Mas a vertigem piorou. Agora, uma voz profunda ecoava em seus ouvidos, repetindo a mesma coisa sem parar: *ramarren ramarren ramarren*. Ele se contorceu e gritou, tentando fugir daquela voz retumbante que o enchia de terror. Luzes explodiram em seus olhos, e, através do rugido que tomava sua mente, ouviu alguém gritar com sua própria voz: "Eu não sou..."

Quando voltou a si, tudo estava em completo silêncio. Sua cabeça latejava e sua visão ainda estava turva, mas não havia mais algemas em seus braços e pernas, se é que um dia realmente estiveram ali, e ele soube que estava protegido, acolhido, cuidado. Eles sabiam quem ele era, e ele era bem-vindo. Seu próprio povo estava vindo buscá-lo. Estava seguro ali, amado, querido. Tudo o que precisava fazer agora era descansar e dormir, descansar e dormir, enquanto a quietude profunda e suave sussurrava com doçura em sua mente: *marren marren marren...*

Ele acordou. Levou um tempo, mas acordou, e conseguiu se sentar. Precisou repousar a cabeça dolorida sobre os braços por um instante para superar a vertigem que o movimento causou. A princípio, percebeu apenas que estava sentado no chão de algum cômodo, um chão que parecia quente e maleável, quase macio, como o flanco de um grande animal. Então, ergueu a cabeça, forçou os olhos a focarem, e olhou ao redor.

Estava sozinho, no meio de um cômodo tão estranho que sua vertigem voltou por um instante. Não havia móveis. Paredes, chão e teto eram feitos do mesmo material translúcido, que parecia ondulante e macio como camadas e camadas de um véu verde-pálido, mas que, ao toque, era rígido e escorregadio. Estranhos entalhes, vincos e saliências formavam padrões ornamentados por todo o piso, mas, ao passar a mão, Falk percebeu que não existiam de fato; eram apenas ilusões óticas pintadas ou estavam sob uma camada lisa e transparente. Os cantos onde as paredes se encontravam eram distorcidos por artifícios visuais de tramas cruzadas e falsas paralelas usados como decoração. Para enxergar os ângulos retos, era preciso esforço consciente, e talvez esse esforço fosse apenas uma autoilusão, pois, no fim das contas, talvez não houvesse ângulos retos. Mas nada naquela sutileza desconcertante o desorientava tanto quanto o fato de que todo o cômodo era translúcido. Vagamente, com um efeito que lembrava olhar para as profundezas de um lago muito esverdeado, outro cômodo era visível abaixo dele. Acima, um ponto luminoso que poderia ser a lua estava borrado e tingido de verde por um ou mais tetos intermediários. Através de uma das paredes, feixes e manchas de luz eram relativamente nítidos, e ele podia perceber o movimento das luzes de helicópteros ou aerocarros. Pelas outras três paredes a iluminação externa era bem mais difusa, obscurecida por camadas de outras paredes, corredores, cômodos. Formas se moviam nesses outros espaços. Falk podia vê-las, mas não identificá-las: rostos, vestes, cores, tamanhos, tudo era esmaecido. Uma mancha de sombra se deslocou em algum ponto daquelas profundezas esverdeadas, subindo e ficando mais verde, mais indistinta, dissolvendo-se na imensidão difusa. Visibilidade sem discernimento, solidão sem privacidade. Aquela bruma cintilante de luzes e formas era extraordinariamente bela, e extraordinariamente perturbadora.

De repente, em um ponto mais luminoso da parede próxima, Falk percebeu um movimento. Virou-se rápido e, tomado pelo choque do medo, viu, enfim, algo nítido, vívido: um rosto, marcado, selvagem, de olhos amarelos e inumanos.

— Um shing… — sussurrou, tomado por um terror absoluto.

O rosto zombava dele, os lábios terríveis se movendo sem som, repetindo *um shing*. E então ele percebeu: era o reflexo do seu próprio rosto.

Ele se levantou, rígido, e se aproximou do espelho, passando a mão sobre a superfície para ter certeza. Era um espelho, meio oculto por uma moldura esculpida e pintada de forma a parecer mais plana do que realmente era.

Virou-se ao ouvir uma voz. Do outro lado do cômodo, não muito clara na luz suave e difusa que emanava de fontes ocultas, uma figura estava ali, sólida o suficiente. Sem que nenhuma porta estivesse visível, um homem muito alto, com um manto branco caindo de seus ombros largos, cabelos brancos, olhos escuros, límpidos e penetrantes havia entrado ali.

O homem falou. Sua voz era grave e incrivelmente gentil.

— Seja bem-vindo, Falk. Há muito o aguardamos, há muito o guiamos e protegemos.

A luz no cômodo começou a aumentar, uma radiância clara e expansiva. A voz grave tinha um tom enlevado.

— Afaste o medo e seja bem-vindo entre nós, ó Mensageiro. A estrada sombria ficou para trás, e seus pés agora trilham o caminho que o levará para casa!

O brilho aumentou até ofuscar seus olhos. Falk piscou e piscou novamente, tentando enxergar. Quando tornou a olhar, semicerrando os olhos contra a luz, o homem havia desaparecido.

Então, como se surgissem do nada, palavras ditas meses antes por um ancião da floresta ecoaram em sua mente: *A escuridão terrível das luzes brilhantes de Es Toch.*

Ele não seria mais enganado, drogado ou iludido. Tinha sido um tolo por ter ido até ali, e sabia que jamais sairia vivo, mas não seria mais manipulado. Avançou, decidido a encontrar a porta oculta e seguir o homem.

— Espere mais um instante, Falk — disse uma voz vinda do espelho. — Ilusões nem sempre são mentiras. Você busca a verdade.

Uma fresta se abriu na parede, formando uma porta; duas figuras entraram. A primeira, baixa e esguia, caminhava com passos largos. Vestia calças equipadas com uma vistosa coquilha, um gibão e um gorro justo. A segunda, mais alta, trajava mantos pesados e movia-se com gestos afetados, posando como uma dançarina. Os longos cabelos pretos e arroxeados caíam até a cintura dela — dele, pois a voz, embora muito suave, era grave.

— Estamos sendo filmados, sabia, Strella?

— Eu sei — disse o homenzinho, com a voz de Estrel. Nenhum dos dois sequer olhou para Falk; comportavam-se como se estivessem sozinhos. — Continue o que ia dizer, Kradgy.

— Eu ia perguntar por que demorou tanto.

— Tanto? Está sendo injusto, meu senhor. Como eu poderia rastreá-lo na floresta a leste de Shorg? É puro ermo. Os animais estúpidos não ajudaram em nada; ultimamente, tudo o que fazem é repetir a Lei. Quando você finalmente me enviou o rastreador, eu estava trezentos quilômetros ao norte dele. Quando enfim o alcancei, ele estava indo direto para território basnasska. Você sabe que o Conselho forneceu aos basnasska bompombas e outras armas para que possam reduzir o número de errantes e solia-pachim. Então, precisei me infiltrar naquela tribo imunda. Não recebeu meus relatórios? Enviei todos, até perder o transmissor ao atravessar um rio ao sul do Enclave de Kansas. Minha mãe, em Besdio, me deu outro. Certamente registraram tudo em fita, não?

— Nunca ouço relatórios. De qualquer forma, foi um desperdício de tempo e risco, já que em todas essas semanas não conseguiu ensiná-lo a não nos temer.

— Estrel — disse Falk. — Estrel!

Grotesca e frágil em sua roupa de homem, Estrel não se virou, não ouviu. Continuou falando com o homem de vestes longas. Sufocando de vergonha e raiva, Falk gritou o nome dela, depois avançou e agarrou-lhe o ombro, e não havia nada ali. Apenas um borrão de luzes no ar, um lampejo de cores que se dissipou.

A fenda na parede ainda estava aberta, e através dela Falk viu o cômodo ao lado. Lá estavam o homem de manto e Estrel, de costas para ele. Falk sussurrou o nome dela, e ela se virou para encará-lo. Olhou-o nos olhos sem triunfo e sem culpa, calma, passiva, indiferente e distante como sempre, como olhara para ele esse tempo todo.

— Por que... por que mentiu para mim? — perguntou ele. — Por que me trouxe aqui?

Ele sabia a resposta. Sabia o que era e sempre tinha sido aos olhos de Estrel. Mas não era sua razão que falava, e sim seu respeito próprio e sua lealdade, que não podiam suportar ou aceitar a verdade naquele primeiro instante.

— Fui enviada para trazê-lo para cá. Você queria vir.

Ele tentou se recompor. Rígido, imóvel, sem se aproximar dela, perguntou:

— Você é uma shing?

— Sou — respondeu o homem de manto, sorrindo afavelmente. — Eu sou um shing. Todos os shing são mentirosos. Então, será que estou mentindo para você, e nesse caso, claro, não sou um shing, mas um não shing, mentindo? Ou será mentira que todos os shing mentem? Mas eu sou um shing, de fato; e de fato, eu minto. Terranos e outros animais também mentem; lagartos mudam de cor, insetos imitam gravetos, linguados se disfarçam de pedras ou areia, conforme o fundo onde se deitam. Strella, este aqui é ainda mais estúpido que a criança.

— Não, meu senhor Kradgy, ele é muito inteligente — respondeu Estrel, com seu jeito suave e passivo. Falava de Falk como um humano fala de um animal.

Ela caminhara ao lado dele, comera com ele, dormira com ele. Dormira em seus braços... Falk ficou ali parado, olhando para ela em silêncio; e ela e o homem alto também ficaram imóveis, como se aguardassem um sinal dele para continuarem a encenação.

Ele não sentia rancor por ela. Não sentia nada. Ela havia se tornado ar, um borrão, um tremeluzir. Todo o sentimento que lhe restava era em relação a si mesmo: estava doente, fisicamente doente, de tanta humilhação.

Vá sozinho, Pedra-Opala, dissera o Príncipe de Kansas. *Vá sozinho*, dissera Hiardan, o apicultor. *Vá sozinho*, dissera o velho Ouvinte da floresta. *Vá sozinho, meu filho*, dissera Zove. Quantos outros poderiam tê-lo guiado corretamente, tê-lo ajudado em sua busca, tê-lo armado com conhecimento, se ele tivesse cruzado as planícies sozinho? Quanto poderia ter aprendido, se não tivesse confiado na orientação e na boa-fé de Estrel?

Agora, não sabia nada, exceto que fora imensuravelmente estúpido, e que ela mentira. Mentira desde o início, sem vacilar, desde o momento em que dissera ser uma errante; não, desde antes disso: desde o momento em que o viu pela primeira vez e fingiu não saber quem ou o que ele era. Ela sabia o tempo todo e fora enviada para garantir que ele chegasse a Es Toch. E talvez também para neutralizar a influência daqueles que odiavam os shing e poderiam ter moldado sua mente contra eles. Mas então, pensou ele, dolorosamente, enquanto a observava de um cômodo para outro, por que agora ela havia parado de mentir?

— Não importa o que eu diga a você agora — disse ela, como se tivesse lido seus pensamentos.

Talvez tivesse mesmo. Nunca usaram a mentefala, mas se ela era uma shing e possuía as habilidades mentais dos shing, cuja extensão era apenas boatos e especulações entre os homens, ela poderia ter estado sintonizada com seus pensamentos o tempo todo, durante todas aquelas semanas de viagem. Como ele poderia saber? Não adiantava perguntar...

Houve um som atrás dele. Ele se virou e viu duas figuras de pé no outro extremo da sala, perto do espelho. Vestiam mantos negros e capuzes brancos, e eram duas vezes mais altas que um homem comum.

— Você se deixa enganar com muita facilidade — disse um dos gigantes.

— Você deve saber que foi enganado — disse o outro.

— Você é apenas meio homem.

— Meio homem não pode conhecer a verdade inteira.

— Aquele que odeia é zombado e enganado.

— Aquele que mata é destruído e utilizado como instrumento.

— De onde você vem, Falk?

— O que você é, Falk?

— Onde você está, Falk?

— Quem é você, Falk?

Os dois gigantes ergueram os capuzes, revelando que não havia nada dentro além de sombra, e então recuaram contra a parede, atravessaram-na e desapareceram.

Estrel correu até ele vinda da outra sala, atirou-se em seus braços, apertando-se contra ele, beijando-o com voracidade, com desespero.

— Eu te amo, te amei desde a primeira vez que te vi. Confie em mim, Falk, confie em mim!

Então foi arrancada dele.

— Confie em mim! — gritou.

E foi levada como se uma força invisível e imensa a puxasse, como se fosse soprada por um vento feroz, girando no ar, arrastada através de uma porta em fenda que se fechou silenciosamente atrás dela, como uma boca se fechando.

— Você percebe — disse o homem alto na outra sala — que está sob o efeito de drogas alucinógenas.

Sua voz, precisa e sussurrante, carregava um tom de sarcasmo e tédio.

— Confie menos ainda em si mesmo. Hein?

Então ergueu suas longas vestes e urinou copiosamente; depois saiu andando, ajeitando as roupas e alisando os cabelos compridos.

Falk ficou observando o chão esverdeado da outra sala absorver lentamente a urina até que praticamente não restasse vestígio.

Os lados da porta estavam se fechando bem devagar, estreitando a passagem. Era a única saída do quarto onde estava preso. Ele rompeu a letargia e correu pela fenda antes que se fechasse. A sala onde Estrel e o outro haviam estado era idêntica à que ele acabara de deixar, talvez um pouco menor, um pouco mais escura. Na parede oposta, uma nova fenda se fechava lentamente. Ele atravessou correndo e entrou em um terceiro quarto, igual aos outros, talvez um pouco menor, um pouco mais escuro. A fenda no fundo se fechava devagar, e ele passou depressa por ela para outro quarto, menor e mais escuro que o anterior, e deste se espremeu para outro ainda menor e mais escuro, e então rastejou para dentro de um espelho pequeno e opaco e caiu para cima, gritando em um terror nauseante, em direção à lua branca, sulcada e vigilante.

■

Ele despertou sentindo-se descansado, forte e confuso, deitado em uma cama confortável, em um quarto claro e sem janelas. Sentou-se e, como se esse gesto fosse um sinal, dois homens surgiram apressados de trás de uma divisória, grandalhões com um olhar bovino e fixo.

— Saudações, lorde Agad! Saudações, lorde Agad! — disseram, um após o outro. — Venha conosco, por favor, venha conosco, por favor.

Falk se levantou, completamente nu, pronto para lutar; a única coisa clara em sua mente naquele momento era sua luta e derrota no salão de entrada do palácio, mas eles não demonstraram intenção de violência.

— Venha, por favor — repetiam alternadamente, até que ele os seguiu.

Conduziram-no, ainda nu, para fora do quarto, por um longo corredor vazio, depois através de um salão revestido de espelhos, subiram uma escada que, na verdade, revelou-se uma rampa pintada para parecer degraus, passaram por outro corredor e subiram mais rampas, até finalmente chegarem a um cômodo amplo e mobiliado, com paredes em tom azul-esverdeado, uma delas brilhando com a luz do sol. Um dos homens parou do lado de fora; o outro entrou com Falk.

— Aqui tem roupas, tem comida, tem bebida. Agora você… agora você come, bebe. Agora você… agora você pede o que precisar. Certo?

Ele encarava Falk com insistência, mas sem nenhum interesse particular.

Havia uma jarra de água sobre a mesa, e a primeira coisa que Falk fez foi beber até saciar a sede, pois estava extremamente sedento. Depois, observou o quarto estranho e agradável, com móveis de plástico maciço e transparente e paredes translúcidas, sem janelas. Por fim, estudou com curiosidade seu guarda ou atendente, um homem grande, de rosto inexpressivo, com uma arma presa ao cinto.

— Qual é a Lei? — perguntou por impulso.

Obediente e sem demonstrar surpresa, o sujeito de olhar vazio respondeu:

— Não tirarás a vida.

— Mas você carrega uma arma.

— Ah, essa arma deixa você todo duro, não morto — falou o guarda, rindo. A modulação de sua voz era arbitrária, sem conexão com o significado das palavras, e houve uma leve pausa entre o que disse e a risada. — Agora você come, bebe, se limpa. Aqui tem boas roupas. Veja, aqui as roupas.

— Você é um Destruído?

— Não. Sou Capitão da Guarda Pessoal dos Verdadeiros Senhores e tenho acesso ao Computador Número Oito. Agora você come, bebe, se limpa.

— Eu faço isso se você sair do quarto.

Houve uma breve pausa.

— Ah, sim, muito bem, lorde Agad — disse o grandalhão, rindo novamente, como se tivesse sentido cócegas. Talvez fizesse cócegas quando o computador falava através de seu cérebro. Ele se retirou.

Falk podia ver as formas vagas e maciças dos dois guardas através da parede interna do quarto; eles esperavam, um de cada lado da porta no corredor. Encontrou o banheiro e se lavou. Roupas limpas estavam dispostas sobre a grande cama macia que ocupava um canto do quarto; eram túnicas largas, estampadas de maneira extravagante em vermelho, magenta e violeta. Ele as examinou com desgosto, mas vestiu-as assim mesmo. Sua mochila surrada estava sobre a mesa de plástico vítreo com estrutura dourada, seu conteúdo aparentemente intocado, mas suas roupas e armas não estavam em lugar nenhum. Havia uma refeição servida, e ele estava com fome. Quanto tempo se passara desde que cruzara as portas que se fecharam após sua passagem? Não fazia ideia, mas sua fome lhe dizia que já havia um bom tempo, e ele atacou a comida. A comida era esquisita, muito condimentada, misturada, coberta de molhos e disfarçada, mas ele comeu tudo e procurou mais. Não havendo mais nada, e tendo cumprido as ordens que lhe deram, começou a examinar o quarto com mais atenção. Já não via mais as sombras dos guardas do outro lado da parede semitransparente azul-esverdeada e ia investigar quando parou de repente. A fenda vertical quase invisível da porta estava se alargando, e uma sombra se movia atrás dela. A abertura se expandiu até formar um oval alto, por onde uma pessoa entrou no quarto.

Uma garota, pensou Falk à primeira vista, mas logo percebeu que era um rapaz de uns dezesseis anos, vestido com túnicas largas como as que ele próprio usava. O garoto não se aproximou; parou a certa distância, estendeu as mãos com as palmas para cima e disparou um fluxo de palavras ininteligíveis.

— Quem é você?

— Orry — disse o jovem. — Orry! — E continuou em seu idioma desconhecido.

Parecia frágil e agitado; sua voz tremia de emoção. Então caiu de joelhos e abaixou a cabeça até o chão, um gesto físico que Falk nunca tinha visto antes, embora seu significado fosse inconfundível; era o gesto pleno e original do qual ele havia testemunhado apenas resquícios entre os apicultores e os súditos do Príncipe de Kansas.

— Fale em galáctica! — exigiu Falk, feroz, sentindo-se chocado e inquieto. — Quem é você?

— Eu sou Har-Orry-*Prech*-Ramarren — sussurrou o garoto.

— Levante-se. Pare com isso. Eu não... Você me conhece?

— *Prech* Ramarren, você não se lembra de mim? Eu sou Orry, filho de Har Weden...

— Qual é o meu nome?

O garoto ergueu a cabeça, e Falk o encarou — encarou seus olhos, que fitavam diretamente os seus. Eram de um tom âmbar-acinzentado, exceto pela pupila escura e dilatada: só íris, sem branco visível, como os olhos de um gato ou de um cervo, como nenhum outro par de olhos que Falk já tivesse visto... exceto no espelho, na noite anterior.

— Seu nome é Agad Ramarren — disse o garoto, com medo e submisso.

— Como você sabe disso?

— Eu... eu sempre soube, *prech* Ramarren.

— Você é da minha raça? Somos do mesmo povo?

— Sou filho de Har Weden, *prech* Ramarren! Eu juro que sou!

Por um instante, lágrimas brilharam nos olhos dourado-acinzentados. O próprio Falk sempre reagia ao estresse com um breve embaçamento dos olhos, uma cegueira momentânea pelas lágrimas. Buckeye certa vez o repreendera por sentir vergonha disso, dizendo que parecia ser uma reação puramente fisiológica, provavelmente racial.

A confusão, a desorientação e o turbilhão de incertezas que Falk enfrentava desde que entrara em Es Toch agora o deixavam incapaz de questionar e julgar essa nova aparição. Uma parte de sua mente alertava: *É exatamente isso que eles querem, que você fique tão confuso a ponto de acreditar em qualquer coisa.* Nesse momento, ele já não sabia se Estrel — Estrel, que ele conhecia tão bem e amava com tanta lealdade — era uma aliada, uma shing ou apenas um instrumento dos shing. Não sabia se ela algum dia lhe dissera a verdade ou se algum dia mentira, se estava presa ali com ele ou se o trouxera direto para uma armadilha. Lembrava-se de um riso... e também de um abraço desesperado, de um sussurro... E agora, o que deveria pensar desse garoto, esse garoto que o fitava com admiração e dor, com olhos sobrenaturais como os seus? Se Falk o tocasse, será que ele se transformaria em um borrão de luz? Responderia às perguntas com mentiras, ou com a verdade?

Em meio a tantas ilusões, erros e enganos, parecia-lhe que só restava um único caminho: o mesmo que vinha seguindo desde a Casa de Zove. Ele olhou o garoto novamente e lhe disse a verdade.

— Eu não o conheço. Se deveria me lembrar de você, não me lembro. Minha memória não vai além de quatro ou cinco anos.

Pigarreou, deu-lhe as costas e se sentou em uma das cadeiras altas e finas. Fez um gesto para que o garoto fizesse o mesmo.

— Você... não se lembra de Werel?

— Quem é Werel?

— Nosso lar. Nosso mundo.

Aquilo doeu. Falk não disse nada.

— Você se lembra da... da viagem para cá, *prech* Ramarren? — perguntou o garoto, gaguejando. Havia incredulidade em sua voz, como se ainda não tivesse absorvido o que Falk acabara de dizer. E também uma nota de anseio contida por respeito ou medo.

Falk balançou a cabeça.

Orry repetiu a pergunta com uma leve variação.

— Você se lembra da nossa viagem para a Terra, *prech* Ramarren?

— Não. Quando foi essa viagem?

— Há seis anos terranos. Perdoe-me, *prech* Ramarren. Eu não sabia... Eu estava na costa da Califórnia quando enviaram um aerocarro automático para me buscar. Não disseram o motivo. Então lorde Kradgy me contou que um dos membros da Expedição havia sido encontrado, e eu pensei... Mas ele não me contou nada sobre sua memória... Você se lembra... apenas da Terra, então?

Ele parecia implorar por uma negação.

— Eu me lembro apenas da Terra — disse Falk, determinado a não se deixar levar pela emoção do garoto, nem por sua ingenuidade, nem pela candura infantil de seu rosto e sua voz. Precisava partir do princípio de que esse Orry não era o que aparentava ser.

Mas e se fosse?

Não serei enganado de novo, pensou Falk, amargamente.

Será, sim, respondeu outra parte de sua mente. *Se eles quiserem enganá-lo, vão conseguir, e não há nada que você possa fazer para evitar. Se você não fizer perguntas a esse garoto por medo de que a resposta seja uma mentira, então a mentira prevalece completamente, e tudo o que sua jornada até aqui terá lhe rendido será silêncio, zombaria e desgosto. Você veio para descobrir seu nome. Ele lhe deu um nome. Aceite-o.*

— Você pode me dizer quem... quem nós somos?

O garoto começou a responder animadamente em sua língua estranha, mas logo se conteve ao perceber o olhar de incompreensão de Falk.

— Você não se lembra como se fala kelshak, *prech* Ramarren? — Sua voz era quase suplicante.

Falk balançou a cabeça.

— Kelshak é sua língua materna?

— Sim — respondeu Orry, acrescentando timidamente: — E a sua também, *prech* Ramarren.

— Qual é a palavra para "pai" em kelshak?

— *Hiowech*. Ou *wawa*, para bebês.

Um sorriso rápido e ingênuo cruzou o rosto de Orry.

— Como você chamaria um ancião a quem respeita?

— Há muitas palavras para isso... termos de parentesco... *Prevwa, kioinap, skan-gehoy*... Deixe-me pensar, *prechna*. Faz tanto tempo que não falo kelshak... Um *prechnoweg*, um não parente de nível superior, poderia ser *tiokioi* ou *previotio*...

— *Tiokioi*. Eu disse essa palavra uma vez, sem... saber de onde a conhecia...

Mas isso não era um teste real. Não havia teste algum ali. Ele nunca contara a Estrel muito sobre sua estada com o ancião Ouvinte na floresta, mas talvez tivessem extraído todas as memórias de seu cérebro, tudo o que já dissera, fizera ou pensara, enquanto estava drogado em suas mãos naquela noite, ou noites. Não havia como saber o que tinham feito. Não havia como saber o que poderiam fazer. Nem o que queriam.

Tudo o que podia fazer era continuar tentando chegar onde ele mesmo queria.

— Você é livre para ir e vir aqui?

— Ah, sim, *prech* Ramarren. Os Senhores têm sido muito bondosos. Eles têm procurado há muito tempo por... qualquer outro sobrevivente da Expedição. Você sabe, *prechna*, se algum dos outros...

— Eu não sei — respondeu Falk.

— Tudo o que Kradgy teve tempo de me dizer, quando cheguei aqui há poucos minutos, foi que você estava vivendo numa floresta na parte leste deste continente, com alguma tribo selvagem.

— Posso contar isso, se quiser saber. Mas primeiro me diga algumas coisas. Eu não sei quem sou, quem você é, o que foi a Expedição, o que é Werel.

— Somos kelshy — disse o garoto, tenso, claramente desconfortável por ter que explicar algo tão básico a alguém que considerava seu superior, não apenas em idade, mas em algo mais. — Da Nação Kelshak, em Werel. Viemos para cá na nave *Alterra*...

— Por que viemos? — perguntou Falk, inclinando-se para a frente.

E então, devagar, com digressões, voltas e mil interrupções cheias de perguntas, Orry contou. Até ficar exausto de falar, até Falk ficar exausto de ouvir. Até que as paredes diáfanas do quarto se tingissem com a luz do entardecer. Então ficaram um tempo em silêncio, até que servos mudos trouxeram comida e bebida. E, durante todo o tempo em que comia e bebia, Falk continuou fitando, em sua mente, a joia que poderia ser falsa ou de valor inestimável: a história, o padrão, o vislumbre — visão verdadeira ou apenas ilusão — do mundo que perdera.

VII

Um sol como o olho de um dragão, amarelo-alaranjado, como uma opala de fogo com sete pingentes reluzentes oscilando lentamente em suas longas elipses. O terceiro planeta, verde, levava sessenta anos terrestres para completar seu ano: *Abençoado o homem que vê sua segunda primavera*, Orry traduziu um provérbio daquele mundo. Os invernos do Hemisfério Norte, inclinado na eclíptica para longe do sol quando o planeta estava em seu ponto mais distante, eram frios, escuros, terríveis; os verões imensos, que duravam quase meia vida, eram imensuravelmente opulentos. Marés colossais agitavam os oceanos profundos, puxadas por uma lua gigantesca que levava quatrocentos dias para crescer e minguar. O mundo fervilhava com terremotos, vulcões, plantas que andavam, animais que cantavam, homens que falavam e construíam cidades: um catálogo de maravilhas. Foi para esse mundo milagroso, embora não incomum, que uma nave vinda do espaço chegou, vinte anos atrás. Vinte grandes anos daquele planeta, queria dizer Orry: pouco mais de mil e duzentos anos terranos.

Colonizadores e FOVIALI da Liga de Todos os Mundos, os tripulantes daquela nave haviam dedicado suas vidas ao novo planeta, tão remoto em relação aos mundos centrais da Liga, na esperança de trazer sua espécie inteligente nativa para a Liga algum dia, tornando-a uma nova aliada na Guerra Iminente. Essa havia sido a política da Liga desde que, gerações antes, vieram os primeiros alertas de além das Híades: uma grande onda de conquistadores avançava de mundo em mundo, de século em século, cada vez mais perto do longínquo agrupamento de oitenta planetas que orgulhosamente se autodenominava Liga de Todos os Mundos. A Terra, situada perto da zona central da Liga e o planeta da Liga mais próximo do recém-descoberto Werel, fornecera todos os colonos daquela primeira nave. Outras naves, de outros mundos da Liga, deveriam ter seguido, mas nenhuma veio: a Guerra chegou primeiro.

Os colonos só tinham um meio de comunicação com a Terra, com o Mundo Primário Davenant e com o restante da Liga: o ansível, o transmissor instantâneo a bordo da nave. Nenhuma nave, disse Orry, jamais havia viajado mais rápido que a luz — aqui Falk o corrigiu. De fato, naves de guerra foram construídas com base no princípio do ansível, mas eram apenas máquinas de morte automáticas, incrivelmente caras e sem tripulação viva. A velocidade da luz, com seu efeito de encurtamento do tempo para o viajante, era o limite da exploração humana, antes e agora. Assim, os colonos de Werel estavam muito longe de casa e dependiam inteiramente do ansível para notícias. Eles estavam em Werel há apenas cinco anos quando foram informados de que o Inimigo havia chegado. Imediatamente depois, as comunicações tornaram-se confusas, contraditórias, intermitentes, e, por fim, cessaram por completo. Cerca de um terço dos colonos escolheu partir com a nave e cruzar novamente o imenso abismo de anos até a Terra para se reunir ao seu povo. Os demais permaneceram em Werel, autoexilados. Durante suas vidas, jamais conseguiram descobrir o que havia acontecido com seu mundo natal e com a Liga que serviam, nem quem era o Inimigo, se ele dominava a Liga ou se havia sido derrotado. Sem nave, sem comunicação, isolados, permaneceram ali: uma pequena colônia cercada por Formas de Vida Altamente Inteligentes, curiosas e hostis de uma cultura inferior, mas cuja inteligência era igual à sua. E eles esperaram. E os filhos de seus filhos esperaram, enquanto as estrelas permaneciam em silêncio acima deles. Nenhuma nave jamais veio. Nenhuma mensagem. Sua própria nave devia ter sido destruída, os registros do novo planeta, perdidos. Entre todas as estrelas, a pequena opala amarelo-alaranjada foi esquecida.

A colônia prosperou, espalhando-se ao longo de um agradável território litorâneo a partir de sua primeira cidade, que recebeu o nome de Alterra. Então, depois de vários anos — aqui Orry parou e se corrigiu:

— Quase seis séculos, no tempo da Terra, quero dizer. Acho que foi no Décimo Ano da Colônia. Eu estava começando a aprender história; mas meu pai e... e você, *prech* Ramarren, costumavam me contar essas coisas antes de fazermos a Viagem, para me explicar tudo...

Depois de vários séculos, então, a colônia entrou em um período difícil. Poucas crianças eram concebidas, menos ainda nasciam vivas. O menino hesitou novamente e, por fim, explicou:

— Lembro-me de você me dizer que os alterranos não sabiam o que estava acontecendo com eles, achavam que era algum efeito negativo da consanguinidade, mas, na verdade, era uma espécie de seleção. Os Senhores, aqui, dizem que não poderia ter sido esse o caso, que não importa há quanto tempo uma colônia alienígena esteja estabelecida em um planeta, ela continua sendo alienígena. Com manipulação genética, podem cruzar com os nativos, mas os filhos sempre serão estéreis. Então, eu não sei o que aconteceu com os alterranos... eu era apenas uma criança quando você e meu pai tentavam me contar esta história, mas lembro-me de você falar de uma seleção em direção a um... tipo viável... Mas enfim, os colonos estavam próximos da extinção quando o que restava deles finalmente conseguiu firmar uma aliança com uma nação nativa de Werel, Tevar. Eles passaram o inverno juntos e, quando chegou a temporada de acasalamento na primavera, descobriram que tevarianos e alterranos podiam se reproduzir. O suficiente, pelo menos, para fundar uma raça híbrida. Os Senhores dizem que isso não é possível. Mas me lembro de você me contar isso.

O menino parecia preocupado e um pouco vago.

— Nós somos descendentes dessa raça?

— Você é descendente de Alterra Agat, que liderou a colônia durante o Inverno do Décimo Ano! — disse Orry. — Aprendemos sobre Agat até na escola de meninos. Esse é o seu nome, *prech* Ramarren, Agat de Charen. Eu não sou dessa linhagem, mas minha bisavó era da família Esmy de

Kiow, esse é um nome alterrano. Claro, numa sociedade democrática como a da Terra, essas distinções são irrelevantes, não...?

Novamente, Orry parecia preocupado, como se um conflito vago estivesse se formando em sua mente. Falk o conduziu de volta à história de Werel, preenchendo com suposições e deduções a narrativa infantil que era tudo o que Orry podia oferecer.

A nova população mista e a cultura híbrida da nação Tevar-Alterra prosperaram nos anos seguintes àquele perigoso Décimo Inverno. As pequenas cidades cresceram; uma cultura mercantil se estabeleceu no único continente do Hemisfério Norte. Em poucas gerações, ela se espalhou para os povos primitivos dos continentes do sul, onde o problema de sobreviver ao Inverno era mais fácil de resolver. A população aumentou; a ciência e a tecnologia iniciaram sua escalada exponencial, sempre guiadas e auxiliadas pelos Livros de Alterra, a biblioteca da nave, cujos mistérios se tornavam compreensíveis à medida que os descendentes dos colonos redescobriam o conhecimento perdido. Eles preservaram e copiaram esses livros, geração após geração, e aprenderam a língua em que foram escritos — galáctica, é claro. Por fim, com a lua e os planetas vizinhos explorados, com a expansão das cidades e as rivalidades entre nações controladas e equilibradas pelo poderoso império Kelshak no antigo Norte, no auge de uma era de paz e vigor, o império construiu e enviou uma nave capaz de viajar à velocidade da luz.

Essa nave, a *Alterra*, partiu de Werel dezoito anos e meio depois da chegada da nave da Colônia vinda da Terra, ou seja, doze séculos no tempo terrestre. Sua tripulação não fazia ideia do que encontraria na Terra. Werel ainda não havia conseguido reconstruir os princípios do transmissor ansível, e hesitava em emitir sinais de rádio que pudessem revelar sua localização para um mundo possivelmente hostil governado pelo Inimigo que a Liga tanto temia. Para obter informações, homens vivos precisariam ir e voltar, cruzando a longa noite até o antigo lar dos alterranos.

— Quanto tempo durou essa viagem?

— Mais de dois anos werelianos, talvez cento e trinta ou cento e quarenta anos-luz... Eu era só um menino, uma criança, *prech* Ramarren, e algumas coisas eu não entendi, e muitas não me foram ditas...

Falk não via motivo para que essa ignorância envergonhasse o garoto; o que mais o impressionava era o fato de que Orry, que aparentava quinze ou dezesseis anos, estivesse vivo há talvez cento e cinquenta anos. E ele próprio?

A *Alterra,* continuou Orry, partiu de uma base próxima à antiga cidade costeira de Tevar, com as coordenadas ajustadas para a Terra. Levava dezenove pessoas a bordo: homens, mulheres e crianças, em sua maioria kelshak, todos reivindicando descendência dos Colonos. Os adultos haviam sido selecionados pelo Conselho Harmonioso do Império por sua preparação, inteligência, coragem, generosidade e *arlesh.*

— Eu não conheço nenhuma palavra para isso em galáctica. É simplesmente *arlesh* — disse Orry, sorrindo com ingenuidade. — *Rale* é... a coisa certa a se fazer, como aprender coisas na escola ou como um rio seguindo seu curso. E *arlesh* vem de *rale*, eu acho.

— *Tao*? — perguntou Falk.

Mas Orry nunca ouvira falar do Antigo Cânone do Homem.

— O que aconteceu com a nave? O que aconteceu com as outras dezessete pessoas?

— Fomos atacados na Barreira. Os shing só chegaram depois que a *Alterra* foi destruída e os atacantes estavam se dispersando. Eram rebeldes, em naves planetárias. Os shing me resgataram de um deles. Não sabiam se o resto de nós havia sido morto ou levado pelos rebeldes. Eles procuraram por toda parte, e cerca de um ano atrás ouviram um boato sobre um homem vivendo na Floresta Oriental... parecia que poderia ser um de nós...

— O que você lembra de tudo isso, do ataque e tudo mais?

— Nada. Você sabe como o voo à velocidade da luz afeta a gente...

— Sei que, para quem está na nave, o tempo não passa. Mas não faço ideia de como é isso.

— Bem, não me lembro com clareza. Eu era só um garoto, nove anos no tempo terrestre. E não sei se alguém poderia lembrar claramente. Você não consegue entender como... como as coisas se relacionam. Você vê e ouve, mas nada se conecta, nada *faz sentido,* não sei explicar. É horrível, mas só como um sonho. Mas, ao descer novamente para o espaço planetário, passamos pelo que os Senhores chamam de Barreira, e isso faz com que os passageiros desmaiem, a menos que estejam preparados para isso. Nossa nave não estava. Nenhum de nós havia voltado a si quando fomos atacados, então não me lembro de nada... assim como você, *prech* Ramarren. Quando recobrei a consciência, estava a bordo de uma nave shing.

— Por que levaram você junto, sendo um menino?

— Meu pai era o capitão da expedição. Minha mãe também estava na nave. Você sabe... caso contrário, se alguém voltasse, seu povo já teria morrido há muito, muito tempo. Não que isso importe, meus pais estão mortos agora, de qualquer forma. Ou talvez tenham sido tratados como você e... e não me reconheceriam se nos encontrássemos...

— Qual era o meu papel na expedição?

— Você era nosso navegador. — A ironia daquilo fez Falk estremecer, mas Orry continuou, em seu tom respeitoso e ingênuo. — Claro, isso significa que traçava o curso da nave, as coordenadas... Você era o maior *prosteny*, um matemático-astrônomo, de todo Kelshy. Era *prechnowa* para todos a bordo, exceto para meu pai, Har Weden. Você é da Oitava Ordem, *prech* Ramarren! Você... você se lembra de algo disso?

Falk balançou a cabeça.

O garoto ficou abatido e, por fim, disse tristemente:

— Eu realmente não consigo acreditar que você não se lembra, a não ser quando faz isso.

— Balançar a cabeça?

— Em Werel, damos de ombros para dizer não. Assim.

A simplicidade de Orry era irresistível. Falk tentou imitar o gesto e, para sua surpresa, sentiu uma certa familiaridade, uma naturalidade, como se fosse um hábito antigo. Ele sorriu, e Orry se animou de imediato.

— Você é tão parecido com você mesmo, e ao mesmo tempo tão diferente, *prech* Ramarren! Perdoe-me. Mas o que eles fizeram? O que fizeram para que você esquecesse tanto?

— Eles me destruíram. Claro que sou parecido comigo mesmo. Eu sou eu. Sou Falk...

Ele apoiou a cabeça nas mãos. Orry, constrangido, ficou em silêncio. O ar fresco e tranquilo do aposento brilhava como uma joia azul-esverdeada ao redor deles; a parede oeste resplandecia com a luz do sol poente.

— Eles vigiam você com muita atenção por aqui?

— Os Senhores gostam que eu carregue um comunicador se sair de aerocarro. — Orry tocou a pulseira no pulso esquerdo, que parecia apenas uma corrente de ouro. — Afinal, pode ser perigoso entre os nativos.

— Mas você é livre para ir aonde quiser?

— Sim, claro. Este seu quarto é igual ao meu, do outro lado do desfiladeiro. — Orry pareceu confuso novamente. — Sabe, não temos inimigos aqui, *prech* Ramarren — arriscou dizer.

— Não? Onde estão nossos inimigos, então?

— Bem... lá fora... de onde você veio...

Eles se encararam, sem se entender.

— Você acha que os homens são nossos inimigos? Os terranos, seres humanos? Você acha que foram eles que destruíram minha mente?

— Quem mais? — respondeu Orry, assustado, de olhos arregalados.

— Os alienígenas. O Inimigo. Os shing!

— Mas... — disse o garoto com uma doçura tímida, como se finalmente compreendesse o quanto seu antigo senhor e mestre se encontrava perdido e ignorante. — Nunca houve um Inimigo. Nunca houve uma Guerra.

■

O aposento tremeu suavemente, como um gongo sendo levemente tocado, vibrando num tom quase inaudível. *O Conselho se reúne,* anunciou após um momento uma voz incorpórea. A porta deslizante se abriu, e uma figura alta entrou, imponente em suas vestes brancas e uma elaborada peruca preta. As sobrancelhas estavam raspadas e redesenhadas bem acima dos olhos; o rosto, mascarado por uma camada de maquiagem que o deixava opaco e liso, era o de um homem corpulento de meia-idade. Orry levantou-se rapidamente da mesa e fez uma reverência.

— Lorde Abundibot — sussurrou.

— Har Orry — reconheceu o homem, sua voz abafada em um sussurro áspero. Em seguida, voltou-se para Falk. — Agad Ramarren. Seja bem-vindo. O Conselho da Terra se reúne para responder às suas perguntas e considerar seus pedidos. Observe agora… — Ele apenas lançou um olhar rápido a Falk e não se aproximou de nenhum dos dois werelianos.

Havia nele uma aura estranha, ao mesmo tempo poderosa e completamente autossuficiente. Ele era apartado, inacessível. Os três ficaram imóveis por um momento, e Falk, seguindo o olhar dos outros, viu a parede interna do aposento se embaçar e se transformar, parecendo agora uma espessa gelatina translúcida acinzentada na qual linhas e formas tremulavam e piscavam. Então a imagem se definiu, e Falk prendeu a respiração. Era o rosto de Estrel, ampliado dez vezes. Seus olhos o fitavam com a impassível serenidade de uma pintura.

— Eu sou Strella Siobelbel. — Os lábios da imagem se moveram, mas a voz não vinha de nenhum lugar específico; era um sussurro frio e abstrato que tremia no ar do aposento. — Fui enviada para trazer à Cidade, em segurança, o membro da Expedição de Werel que diziam viver no leste do Continente Um. Creio que este seja o homem.

O rosto dela desvaneceu, substituído pela imagem de Falk.

— Har Orry reconhece esta pessoa? — inquiriu uma voz sibilante, incorpórea.

— Este é Agad Ramarren, Senhores, o navegador da *Alterra* — respondeu Orry, e seu rosto apareceu na tela.

A imagem do garoto desapareceu e a tela permaneceu em branco, tremulante, enquanto múltiplas vozes sussurravam e farfalhavam no ar, como uma breve discussão multitudinária entre espíritos falando uma língua desconhecida. Era assim que os shing realizavam seu Conselho: cada um em seu próprio aposento, isolado, com apenas a presença de vozes sussurrantes.

— Você conhece essa língua? — murmurou Falk para Orry enquanto o diálogo incompreensível prosseguia.

— Não, *prech* Ramarren. Eles sempre falam galáctica comigo.

— Por que falam desse jeito, em vez de cara a cara?

— Há tantos deles... milhares e milhares se reúnem no Conselho da Terra, Lorde Abundibot me disse. E estão espalhados por muitos lugares do planeta, embora Es Toch seja a única cidade. Aquele é Ken Kenyek agora.

O zumbido das vozes incorpóreas cessou e um novo rosto apareceu na tela, um rosto de pele branca como a morte, cabelos pretos, olhos pálidos.

— Agad Ramarren, estamos reunidos em Conselho, e você foi trazido ao nosso Conselho para que possa completar sua missão na Terra e, caso assim deseje, retornar ao seu lar. Lorde Pelleu Abundibot vai lhe chamar pessoalmente.

A parede apagou-se de súbito, voltando ao seu tom normal de verde translúcido. O homem alto do outro lado da sala fitava Falk com firmeza. Seus lábios não se moveram, mas Falk o ouviu falar, não em um sussurro, mas com clareza — uma clareza singular. Ele não podia acreditar que era mentefala, mas não poderia ser outra coisa. Despida do caráter e timbre, da fisicalidade da voz, era a compreensão pura e simples, a razão dirigindo-se à razão.

— Usamos mentefala para que você ouça apenas a verdade. Pois não é verdade que nós, que nos chamamos shing, ou qualquer outro homem, possamos perverter ou ocultar a verdade na fala paraverbal. A Mentira que os homens nos atribuem é, em si, uma mentira. Mas, se preferir usar a voz, faça-o, e nós faremos o mesmo.

— Não tenho habilidade para chamar pessoalmente — disse Falk, depois de uma pausa. Sua voz viva soou alta e áspera depois do brilhante contato mental silencioso. — Mas o ouço bem o suficiente. Não peço a verdade. Quem sou eu para exigir a verdade? Mas gostaria de ouvir o que escolherem me contar.

O jovem Orry pareceu chocado. O rosto de Abundibot não demonstrou nada. Era evidente que ele estava sintonizado tanto com Falk quanto com Orry — um feito raro por si só, na experiência de Falk —, pois Orry claramente estava ouvindo quando a fala telepática recomeçou.

— Os homens apagaram sua mente e então lhe ensinaram o que desejavam que soubesse, aquilo em que desejam acreditar. Assim ensinado, você desconfia de nós. Temíamos que fosse assim. Mas pergunte o que quiser, Agad Ramarren de Werel; responderemos com a verdade.

— Há quanto tempo estou aqui?

— Seis dias.

— Por que fui drogado e enganado no início?

— Tentávamos recuperar sua memória. Falhamos.

Não acredite nele, não acredite nele, disse Falk a si mesmo com tanta urgência que, sem dúvida, o shing, se tivesse qualquer habilidade empática, captaria a mensagem claramente. Isso não importava. O jogo precisava ser jogado, e jogado do jeito deles, ainda que fossem eles que fizessem todas as regras e tivessem toda a habilidade. Sua inépcia não importava. Sua honestidade, sim. Ele agora apostava tudo em uma única crença: que um homem honesto não pode ser enganado, que a verdade, se o jogo for jogado até o fim, levará à verdade.

— Diga-me por que devo confiar em você — falou ele.

A mentefala, pura e clara como uma nota musical produzida eletronicamente, começou novamente, enquanto o emissor, Abundibot, e ele e Orry permaneciam imóveis como peças em um tabuleiro de xadrez.

— Nós, a quem você conhece como shing, somos homens. Somos terranos, nascidos na Terra, descendentes de humanos, assim como seu ancestral Jacob Agat, da Primeira Colônia em Werel. Os homens lhe ensinaram o que acreditam sobre a história da Terra nos doze séculos desde a fundação da colônia em Werel. Agora, nós, também homens, lhe ensinaremos o que sabemos.

— Nenhum Inimigo veio de estrelas distantes para atacar a Liga de Todos os Mundos. A Liga foi destruída por revoluções, guerras civis, por sua própria corrupção, militarismo, despotismo. Em todos os mundos houve revoltas, rebeliões, usurpações; do Mundo Primário vieram represálias que reduziram planetas à areia escura. Nenhuma outra nave de velocidade-luz foi enviada para um futuro tão incerto: apenas as SLS, as naves-mísseis, as destruidoras de mundos. A Terra não foi destruída, mas metade de seu povo foi; suas cidades, suas naves e ansíveis, seus registros, sua cultura, tudo em dois terríveis anos de guerra civil entre os Legalistas e os Rebeldes, ambos armados com as armas indizíveis que a Liga desenvolveu para combater um inimigo alienígena.

"Alguns homens desesperados na Terra, dominando a luta por um momento, mas sabendo que novas contrarrevoltas, devastação e ruína eram inevitáveis, usaram uma nova arma. Eles mentiram. Inventaram um nome para si mesmos, uma língua, e algumas histórias vagas sobre o remoto mundo de onde supostamente vieram, e então espalharam por toda a Terra, tanto em suas próprias fileiras quanto nos campos dos Legalistas, o boato de que o Inimigo havia chegado. A guerra civil era toda culpa do Inimigo. O Inimigo havia se infiltrado em todos os lugares, havia destruído a Liga e agora controlava a Terra, estava no poder e acabaria com a guerra. E eles haviam conseguido tudo isso com seu único poder inesperado, sinistro e alienígena: o poder de mentir com a mente.

"Os homens acreditaram nesta história. Ela combinava com seu pânico, seu desânimo, seu cansaço. Com o mundo em ruínas ao seu redor, eles se submeteram a um Inimigo, o qual ficaram felizes em acreditar ser sobrenatural, invencível. Engoliram a isca da paz.

"E desde então têm vivido em paz.

"Nós, de Es Toch, contamos um pequeno mito que diz que, no começo, o Criador contou uma grande mentira. Pois não havia nada, mas o Criador falou, dizendo, Ele existe. E eis que, para que a mentira de Deus se tornasse a verdade de Deus, o universo imediatamente começou a existir...

"Se a paz humana dependesse de uma mentira, haveria aqueles dispostos a sustentá-la. Como os homens insistiam que o Inimigo havia chegado e governava a Terra, nós nos chamamos de Inimigo e governamos. Ninguém veio contestar nossa mentira ou destruir nossa paz; os mundos da Liga estão todos separados, a era da viagem interestelar passou; uma vez por século, talvez, alguma nave de um mundo distante se perde aqui, como a sua. Existem rebeldes contra o nosso governo, como aqueles que atacaram sua nave na Barreira. Tentamos controlar tais rebeldes, pois, certo ou errado, carregamos e temos carregado há milênios o fardo da paz humana. Por termos contado uma grande mentira, agora devemos sustentar uma grande lei.

Você conhece a lei que nós, homens entre homens, aplicamos: a única Lei, aprendida no momento mais terrível da humanidade."

A mentefala brilhante e impassível cessou; foi como apagar uma luz. No silêncio que se seguiu, que se assemelhava à escuridão, o jovem Orry sussurrou:

— Reverência pela Vida.

Silêncio novamente. Falk permaneceu imóvel, tentando não trair em seu rosto ou, talvez, em seus pensamentos captados, a confusão e a indecisão que sentia. Será que tudo o que havia aprendido era falso? A humanidade realmente não tinha um Inimigo?

— Se esta história é a verdadeira — disse ele por fim —, por que vocês não a contam e a provam aos homens?

— Nós somos homens — veio a resposta telepática. — Há milhares e milhares de nós que sabemos a verdade. Somos aqueles que têm poder e conhecimento, e os usamos para a paz. Existem eras sombrias ao longo da história humana, e esta é uma delas, quando o povo prefere acreditar que o mundo é governado por demônios. Nós desempenhamos o papel de demônios em suas mitologias. Quando eles começam a substituir mitologia por razão, nós os ajudamos; e eles descobrem a verdade.

— Por que você me diz essas coisas?

— Pela verdade, e por você.

— Quem sou eu para merecer a verdade? — repetiu Falk friamente, olhando para o rosto de Abundibot, que era como uma máscara.

— Você foi um mensageiro de um mundo perdido, uma colônia da qual todos os registros se perderam nos

Anos de Conflito. Você veio à Terra, e nós, os Senhores da Terra, falhamos em protegê-lo. Isso é uma vergonha e uma dor para nós. Foram homens da Terra que o atacaram, mataram ou destruíram as mentes de toda a sua tripulação. Homens da Terra, do planeta para o qual, depois de tantos séculos, você estava retornando. Eles eram rebeldes do Continente Três, que não é tão primitivo nem tão escassamente habitado quanto este Continente Um; estavam usando carros interplanetários roubados; presumiram que qualquer nave de velocidade da luz deveria pertencer aos "shing", e por isso a atacaram sem aviso. Isso poderia ter sido evitado, se tivéssemos sido mais atentos. Devemos a você toda a reparação que pudermos.

— Eles procuraram por você e pelos outros todos esses anos — acrescentou Orry, sério e um pouco suplicante; claramente ele queria muito que Falk acreditasse em tudo, que aceitasse, e… fizesse o quê?

— Vocês tentaram restaurar minha memória — disse Falk. — Por quê?

— Não foi isso o que você veio procurar aqui, seu eu perdido?

— Foi, sim. Mas eu…

Ele nem sabia que perguntas fazer; não conseguia nem acreditar nem duvidar de tudo o que lhe foi dito. Não parecia haver um critério segundo o qual julgar tudo aquilo. Que Zove e os outros tivessem mentido para ele era inconcebível, mas que eles próprios estivessem enganados e ignorantes certamente era possível. Ele estava incrédulo com tudo o que Abundibot afirmava, e ainda assim aquilo havia sido transmitido, em clara e imediata mentefala onde mentir era impossível... ou seria possível? Se um mentiroso diz que não está mentindo... Falk desistiu novamente. Olhando para Abundibot outra vez, pediu:

— Por favor, não use a mentefala. Eu... eu preferiria ouvir sua voz. Você descobriu, acho que disse, que não conseguiu restaurar minha memória?

O sussurro abafado e áspero de Abundibot em galáctica soou estranho após a fluência de sua transmissão.

— Não pelos meios que utilizamos.

— Por outros meios?

— É possível. Pensamos que você tivesse recebido um bloqueio para-hipnótico. Em vez disso, você foi destruído. Não sabemos onde os rebeldes aprenderam essa técnica, que mantemos como um segredo muito bem guardado. Um segredo ainda mais bem guardado é o fato de que uma mente destruída pode ser restaurada. — Um sorriso apareceu por um momento no rosto pesado, semelhante a uma máscara, depois se apagou por completo. — Com nossas técnicas de psicocomputação, achamos que podemos efetuar a restauração no seu caso. No entanto, isso implica o bloqueio total e permanente da personalidade substituta; e, sendo assim, não gostaríamos de prosseguir sem o seu consentimento.

A personalidade substituta... Não significava nada em particular. O que isso significava?

Falk sentiu um calafrio percorrer seu corpo.

— Você quer dizer que, para lembrar o que eu era, eu devo... esquecer o que sou? — perguntou com cautela.

— Infelizmente, esse é o caso. Lamentamos muito. No entanto, a perda de uma personalidade substituta com apenas alguns anos de cultivo, embora lamentável, talvez não seja um preço muito alto a se pagar pela posse de uma mente como a sua obviamente era, e, claro, pela chance de completar sua grande missão através das estrelas e retornar finalmente ao seu lar com o conhecimento que você corajosamente veio buscar.

Apesar de seu sussurro rouco e que parecia não ter sido usado por muito tempo, Abundibot era tão fluente ao falar quanto ao mentefalar; suas palavras jorravam, e Falk captava o significado apenas na terceira ou quarta tentativa, quando captava...

— A chance... de completar...? — repetiu ele, sentindo-se um tolo e olhando para Orry como se buscasse apoio. — Você quer dizer que me enviaria, *nos* enviaria, de volta para... esse planeta de onde supostamente vim?

— Consideraríamos uma honra e um começo da reparação devida a você oferecer uma nave de velocidade-luz para a viagem de volta a Werel.

— A Terra é o meu lar — disse Falk com violência repentina.

Abundibot permaneceu em silêncio.

— Werel é o meu, *prech* Ramarren — disse o garoto após um minuto, melancólico. — E eu nunca poderei voltar para lá sem você.

— Por que não?

— Eu não sei onde fica. Eu era uma criança. Nossa nave foi destruída, os computadores de curso e tudo mais foram explodidos quando fomos atacados. Eu não sei recalcular o curso!

— Mas essas pessoas têm naves de velocidade-luz e computadores de curso! O que você quer dizer? Qual estrela Werel orbita, isso é tudo que você precisa saber.

— Mas eu não sei.

— Isso não faz sentido — começou Falk, impulsionado por uma incredulidade crescente que se transformava em raiva.

Abundibot ergueu a mão em um gesto curiosamente poderoso.

— Deixe o garoto explicar, Agad Ramarren — sussurrou ele.

— Explicar que ele não sabe o nome do sol de seu próprio planeta?

— É verdade, *prech* Ramarren — disse Orry, trêmulo, seu rosto escarlate. — Se... se você fosse você mesmo, saberia disso sem precisar ser informado. Eu estava na minha nona fase lunar... ainda estava no Primeiro Nível. Os Níveis... Bem, nossa civilização, em casa, é diferente de qualquer coisa aqui, acho. Agora que vejo isso à luz do que os Senhores aqui tentam fazer, e dos ideais democráticos, percebo que é muito atrasada em alguns aspectos. Mas, de qualquer forma, existem os Níveis, que atravessam todas as Ordens e hierarquias, e compõem a Harmonia Básica de... *prechnoye*... Não sei como dizer isso em galáctica. Conhecimento, eu acho. De qualquer forma, eu estava no Primeiro Nível, sendo uma criança, e você estava no Oitavo Nível e Ordem. E cada Nível tem... coisas que você não aprende, e coisas que não são contadas a você, e não podem ser contadas ou entendidas, até que você entre nele. E abaixo do Sétimo Nível, eu acho, você não aprende o Nome Verdadeiro do Mundo ou o Nome Verdadeiro do Sol... eles são apenas o mundo, Werel, e o sol, *prahan*. Os Nomes Verdadeiros são os antigos... estão no Oitavo Analecto dos Livros de Alterra, os livros da Colônia. Eles estão em galáctica, para que tenham significado para os Senhores daqui. Mas eu não poderia contar a eles, porque eu não sei; tudo o que sei é "sol" e "mundo", e isso não me levaria para casa... nem você, se você não puder se lembrar do que sabia! Qual sol? Qual mundo? Ah, você precisa deixar que eles devolvam sua memória, *prech* Ramarren! Entende?

— Porque agora vemos por espelho — disse Falk —, em enigma.

E com as palavras do Cânone de Javé, ele se lembrou de repente, com certeza e vividez em meio à sua confusão, do sol brilhando acima da Clareira, iluminando as sacadas ventosas e cheias de galhos da Casa da Floresta. Então, não era seu nome que ele viera aprender aqui, mas o do sol, o verdadeiro nome do sol...

VIII

O estranho e invisível Conselho dos Senhores da Terra havia terminado. Ao se despedir, Abundibot disse a Falk:

— A escolha é sua: permanecer como Falk, nosso hóspede na Terra, ou recuperar sua herança e cumprir seu destino como Agad Ramarren, de Werel. Queremos que essa escolha seja feita com plena consciência e no seu próprio tempo. Aguardamos sua decisão e a respeitaremos.

Voltando-se para Orry, ele continuou:

— Conceda a seu parente plena liberdade na Cidade, Har Orry, e que todos os desejos dele e os seus nos sejam comunicados.

A porta em fenda se abriu atrás de Abundibot e ele se retirou. Sua figura alta e corpulenta desapareceu tão abruptamente além da passagem que pareceu ter sido apagada em um instante. Será que ele estivera ali de fato, ou tinha sido apenas algum tipo de projeção? Falk não tinha certeza. Perguntava-se se já havia visto um shing ou apenas suas sombras e imagens.

— Há algum lugar onde possamos caminhar ao ar livre? — perguntou de repente ao garoto, farto das formas indiretas e etéreas daquele lugar, e também curioso para saber até onde ia, de fato, sua liberdade.

— Qualquer lugar, *prech* Ramarren. Podemos andar pelas ruas... ou quer pegar um deslizador? Também há um jardim aqui no Palácio.

— Um jardim serve.

Orry o conduziu por um vasto corredor luminoso e deserto até uma porta de válvula que dava para uma salinha.

— O Jardim — anunciou ele em voz alta. A porta se fechou; não houve nenhuma sensação de movimento, mas, quando se abriu novamente, eles estavam num jardim.

Não era exatamente ao ar livre: as paredes translúcidas cintilavam com as luzes da Cidade, muito abaixo; a lua, quase cheia, aparecia enevoada e distorcida através do teto de vidro. O espaço estava repleto de luzes suaves e sombras em movimento, tomado por arbustos e trepadeiras tropicais que se enroscavam em treliças e pendiam de caramanchões, seus cachos de flores em tons de creme e escarlates adoçavam o ar úmido com seu perfume intenso enquanto a folhagem densa limitava a visão a poucos metros em qualquer direção. Falk se virou de repente, certificando-se de que o caminho de volta ainda estava desimpedido atrás dele. O silêncio quente, pesado e perfumado era inquietante; por um instante, pareceu-lhe que as profundezas ambíguas daquele jardim guardavam um indício de algo imenso e alienígena, os tons, a atmosfera e a complexidade de um mundo perdido, um planeta de perfumes e ilusões, de pântanos e transformações...

No caminho entre as flores sombreadas, Orry fez uma pausa para tirar um pequeno tubo branco de um estojo e levá-lo aos lábios, sugando-o avidamente. Falk estava absorto em outras impressões e não deu muita atenção, mas, como que um pouco envergonhado, o garoto explicou:

— É *pariitha*, um tranquilizante. Todos os Senhores usam; tem um efeito muito estimulante sobre a mente. Se quiser...

— Não, obrigado. Há algumas coisas que quero perguntar a você.

Entretanto, ele hesitou. Suas novas perguntas não poderiam ser totalmente diretas. Durante todo o "Conselho" e as explicações de Abundibot, ele havia sentido, de forma recorrente e incômoda, que tudo aquilo era uma encenação, um teatro, como os que ele vira nos antigos telepergaminhos da biblioteca do Príncipe de Kansas: a Peça dos Sonhos de Hain, o velho rei Lir delirante em um ermo assolado pela tempestade. Mas o curioso era sua impressão nítida de que a peça não estava sendo encenada para ele, e sim para Orry. Falk não entendia o motivo, mas várias vezes teve a sensação de que tudo o que Abundibot lhe dizia era, na verdade, para convencer o garoto.

E o garoto acreditava. Para ele, aquilo não era um teatro; ou talvez ele fosse um dos atores.

— Uma coisa me intriga — começou Falk, cauteloso. — Você me disse que Werel fica a cento e trinta ou cento e quarenta anos-luz da Terra. Não pode haver muitas estrelas exatamente a essa distância.

— Os Senhores dizem que existem quatro estrelas com planetas que poderiam ser o nosso sistema, entre cento e quinze e cento e cinquenta anos-luz de distância. Mas elas estão em quatro direções diferentes, e se os shing enviassem uma nave para procurar por ela, essa nave poderia levar até mil e trezentos anos, em tempo real, viajando entre esses quatro sistemas para encontrar o certo.

— Embora você fosse uma criança, parece meio estranho que não soubesse quanto tempo a viagem deveria levar, que idade teria quando voltasse para casa, por assim dizer.

— Falava-se em "dois anos", *prech* Ramarren… isto é, aproximadamente cento e vinte anos terrestres, mas para mim estava claro que esse não era o número exato e que eu não devia perguntar o número exato. — Por um momento, ao relembrar Werel, o garoto falou com um tom de seriedade resoluta que não demonstrava em outras ocasiões. — Acho que talvez, por não saberem quem ou o que encontrariam na Terra, os adultos da Expedição quisessem garantir que nós, crianças, sem técnicas de proteção mental, não pudéssemos revelar a localização de Werel a um inimigo. Talvez fosse mais seguro para nós permanecermos ignorantes.

— Você se lembra de como eram as estrelas vistas de Werel? As constelações?

Orry deu de ombros em negação e sorriu.

— Os Senhores também me perguntaram isso. Eu sou Invernato, *prech* Ramarren. A primavera estava apenas começando quando partimos. Mal cheguei a ver um céu sem nuvens.

Se tudo isso fosse verdade, então parecia realmente que apenas ele — sua identidade reprimida, Ramarren — poderia dizer de onde ele e Orry vinham. Seria essa então a explicação para o que parecia ser o cerne do enigma: o interesse que os shing tinham nele, o fato de o terem trazido até ali sob a tutela de Estrel, a oferta de restaurar sua memória? Existia um mundo fora do controle deles; um mundo que havia redescoberto o voo na velocidade da luz. Eles desejariam saber onde esse mundo ficava. E se restaurassem sua memória, ele poderia lhes dizer. Se eles conseguissem restaurar sua memória. Se ao menos alguma parte do que lhe haviam contado fosse verdadeira.

Ele suspirou. Estava cansado desse turbilhão de suspeitas, dessa infinidade de maravilhas não comprovadas. Por vezes, perguntava-se se ainda estava sob o efeito de alguma droga. Sentia-se totalmente incapaz de decidir o que deveria fazer. Ele, e provavelmente também esse garoto, eram como brinquedos nas mãos de jogadores estranhos e traiçoeiros.

— Ele... aquele chamado Abundibot... Ele estava mesmo na sala agora há pouco, ou era uma projeção, uma ilusão?

— Eu não sei, *prech* Ramarren — respondeu Orry. A substância que inalava pelo tubo parecia animá-lo e tranquilizá-lo. Sempre um tanto infantil, ele agora falava com uma leveza despreocupada. — Imagino que ele estivesse lá. Mas eles nunca se aproximam. Quer ouvir uma coisa estranha? Durante todo esse tempo em que estou aqui, seis anos, nunca toquei em nenhum deles. Eles se mantêm muito afastados, cada um sozinho. Não quero dizer que sejam maus — acrescentou apressadamente, fitando Falk com seus olhos límpidos para ter certeza de que não dera a impressão errada. — Eles são muito bondosos. Gosto muito do Lorde Abundibot, de Ken Kenyek e de Parla. Mas eles são tão distantes... além do nosso alcance... Sabem tanto. Suportam tanto. Mantêm o conhecimento vivo, preservam a paz, carregam os fardos, e assim o fazem há mil anos, enquanto o resto do povo da Terra não assume responsabilidade alguma e vive em uma liberdade bestial. Seus semelhantes os odeiam e se recusam a aprender a verdade que oferecem. E assim eles devem sempre se manter apartados, permanecer sós, para preservar a paz, as habilidades e o conhecimento que, sem eles, seriam perdidos em poucos anos, entre essas tribos guerreiras, essas casas, esses errantes e esses canibais vagantes.

— Nem todos são canibais — disse Falk secamente.

A lição bem estudada de Orry parecia ter chegado ao fim.

— Não — concordou ele. — Suponho que não.

— Alguns dizem que decaíram tanto porque os shing os mantêm dessa forma; que, se buscam conhecimento, os shing os impedem; se tentam formar uma Cidade própria, os shing a destroem, e a eles também.

Houve uma pausa. Orry terminou de sugar o tubo de *pariitha* e o enterrou cuidadosamente entre as raízes de um arbusto de longas flores rubras feito carne penduradas. Falk esperou por uma resposta e só aos poucos percebeu que ela não viria. O que dissera simplesmente não havia penetrado, não fizera sentido para o garoto.

Caminharam um pouco mais entre as luzes oscilantes e as fragrâncias úmidas do jardim, sob a lua turva.

— Aquela cuja imagem apareceu primeiro, agora há pouco… Você a conhece?

— Strella Siobelbel — respondeu Orry prontamente. — Sim, eu já a vi antes nas Reuniões do Conselho.

— Ela é uma shing?

— Não, não é um dos Senhores. Acho que seu povo é nativo das montanhas, mas ela foi criada em Es Toch. Muitas pessoas trazem ou mandam seus filhos para serem educados aqui, a serviço dos Senhores. E crianças com mentes subnormais são trazidas para cá e conectadas aos psicocomputadores, para que até elas possam compartilhar da grande obra. Esses são aqueles que os ignorantes chamam de homens-instrumento. Você veio para cá com Strella Siobelbel, *prech* Ramarren?

— Vim com ela; caminhei com ela, comi com ela, dormi com ela. Ela se apresentou como Estrel, uma errante.

— Você poderia ter percebido que ela não era uma shing... — O garoto corou, pegou outro tubo de tranquilizante e começou a sugá-lo.

— Uma shing não teria dormido comigo? — indagou Falk.

O garoto deu de ombros, o gesto wereliano de negação, ainda corado; o efeito da droga acabou por encorajá-lo a falar.

— Os shing não tocam nos homens comuns, *prech* Ramarren. São como deuses, frios e bondosos e sábios... Eles se mantêm à parte...

Ele falava com fluidez, mas era incoerente, infantil. Será que tinha consciência de sua própria solidão, órfão e estrangeiro, vivendo sua infância e entrando na adolescência entre aqueles que se mantinham afastados, que não o tocavam, que o enchiam de palavras, mas o deixavam tão vazio de realidade que, aos quinze anos, ele buscava contentamento numa droga? O garoto certamente não via sua própria condição como isolamento — parecia não ter ideias muito claras sobre coisa alguma —, mas, às vezes, seu olhar revelava essa carência, esse anseio, para Falk. Um olhar de anseio e esperança frágil, o olhar de alguém morrendo de sede num deserto de sal que avista uma miragem. Havia muito mais que Falk queria perguntar a ele, mas pouco adiantaria fazê-lo. Com pena, Falk pousou a mão no ombro magro de Orry. O garoto estremeceu ao toque, depois sorriu de modo tímido e vago, e sugou outra vez seu tranquilizante.

De volta ao seu quarto, onde tudo era luxuosamente disposto para seu conforto — e para impressionar Orry? —, Falk andou de um lado para o outro feito um urso enjaulado por algum tempo, até que finalmente se deitou para dormir. Em seus sonhos, ele estava em uma casa parecida com a Casa da Floresta, mas as pessoas ali tinham olhos da cor de ágata e âmbar. Ele tentava lhes dizer que era um deles, seu parente, mas eles não entendiam sua língua e o observavam de maneira estranha enquanto ele gaguejava e buscava as palavras certas, as palavras verdadeiras, o nome verdadeiro.

Ao acordar, os homens-instrumento estavam à sua espera para servi-lo. Ele os dispensou, e eles partiram. Saiu para o corredor. Ninguém impediu sua passagem; não encontrou ninguém enquanto avançava. Tudo parecia deserto, nenhum sinal de vida nos longos corredores enevoados, nas rampas ou dentro dos cômodos de paredes difusas e meio invisíveis, cujas portas ele não conseguia encontrar. Ainda assim, a sensação de estar sendo observado não o abandonava; a cada movimento, tinha certeza de que estava sendo vigiado.

Quando voltou para seu quarto, Orry esperava por ele, ansioso para lhe mostrar a cidade. Durante toda a tarde, exploraram Es Toch a pé e em um deslizante de parístole, percorrendo ruas, jardins em terraços, pontes, palácios e residências. Orry tinha um bom suprimento dos finos pedaços de irídio que serviam como dinheiro e, quando Falk comentou que não gostava das roupas extravagantes que seus anfitriões haviam lhe dado, Orry insistiu para que fossem a uma loja de roupas, onde ele poderia escolher o que quisesse. Falk se viu entre estantes e mesas cobertas de tecidos deslumbrantes, urdidos e plastiformados, exibindo cores vibrantes e padrões elaborados. Pensou em Parth, tecendo em seu pequeno tear sob a luz do sol, formando um padrão de garças brancas sobre o cinza. *Vou tecer um tecido preto para vestir*, ela havia dito. Lembrando-se disso, escolheu, dentre todo aquele arco-íris de mantos, túnicas e vestes, calças pretas, uma camisa escura e um manto curto de pano invernal.

— Essas roupas lembram um pouco as que usávamos em casa, em Werel — disse Orry, observando, um tanto duvidoso, sua própria túnica vermelho-fogo. — Só que lá não tínhamos pano invernal. Ah, há tanto que poderíamos levar da Terra para Werel, tanto para contar e ensinar, se pudéssemos voltar!

Seguiram para um restaurante construído em cima de uma plataforma transparente que se projetava sobre o desfiladeiro. À medida que a fria e límpida noite das montanhas escurecia o abismo abaixo deles, os edifícios em suas margens brilhavam em tons iridescentes, e as ruas e pontes suspensas explodiam em luzes. A música ondulava pelo ar enquanto comiam os pratos de sabores mascarados por especiarias e observavam a multidão da cidade indo e vindo.

Algumas das pessoas que caminhavam por Es Toch estavam malvestidas, outras de forma luxuosa, e muitas usavam roupas espalhafatosas e andróginas, como as que Falk vagamente se lembrava de ter visto Estrel usar. Havia também muitos tipos físicos, alguns diferentes de tudo o que ele já tinha visto. Um grupo em particular tinha a pele esbranquiçada, olhos azuis e cabelos cor de palha. Falk pensou que de alguma forma eles tinham descolorido a si mesmos, mas Orry explicou que eram membros de tribos de uma região do Continente Dois, cuja cultura estava sendo incentivada pelos shing. Os líderes e os jovens dessas tribos eram trazidos de aerocarro para Es Toch, a fim de conhecer a cidade e aprender seus costumes.

— Veja, *prech* Ramarren, não é verdade que os Senhores se recusam a ensinar os nativos; são os nativos que se recusam a aprender. Esses brancos estão compartilhando do conhecimento dos Senhores.

— E o que esqueceram para merecer esse prêmio? — perguntou Falk, mas a pergunta não significava nada para Orry.

O garoto não sabia quase nada sobre os chamados "nativos", como viviam ou o que sabiam. Tratava os comerciantes e garçons com uma condescendência educada, como alguém que se dirigia a inferiores. Essa arrogância talvez Orry tivesse trazido de Werel; descrevera a sociedade kelshak como hierárquica, intensamente consciente da posição de cada um dentro de uma escala ou ordem. Mas o que determinava tal ordem, em que valores era baseada, Falk não conseguia compreender. Não era uma mera hierarquia de nascimento, mas as lembranças infantis de Orry não eram suficientes para pintar um quadro claro. Seja como for, Falk não gostava do tom com que o garoto dizia "nativos" e, por fim, perguntou, com uma pontada de ironia:

— Como você sabe a quem deve se curvar e quem deve se curvar a você? Eu não consigo distinguir os Senhores dos nativos. Os Senhores são nativos também, não?

— Ah, sim. São os próprios nativos que se chamam assim, porque insistem que os Senhores são conquistadores alienígenas. Eu também nem sempre consigo diferenciá-los — disse Orry, com seu sorriso vago, envolvente e ingênuo.

— A maioria dessas pessoas nas ruas são shing?

— Acho que sim. Mas, claro, só conheço alguns de vista.

— Não entendo o que mantém os Senhores, os shing, apartados dos nativos, se todos são terranos.

— Ora, o conhecimento, o poder... Os Senhores governam a Terra há mais tempo do que os achinowao governam Kelshy!

— Mas se mantêm como uma casta à parte? Você disse que os Senhores acreditam na democracia. — A palavra era antiga e lhe chamara a atenção quando Orry a usara; ele não sabia exatamente o que significava, mas lembrava que tinha algo a ver com participação geral no governo.

— Sim, claro, *prech* Ramarren. O Conselho governa democraticamente para o bem de todos, e não há rei nem ditador. Vamos a um salão de *pariitha*? Lá tem estimulantes, se você não gosta de *pariitha*, e também dançarinas e tocadores de tëanb...

— Você gosta de música?

— Não — respondeu o garoto, com uma franqueza quase envergonhada. — Me dá vontade de chorar ou de gritar. Em Werel, só os animais e as crianças pequenas cantam. Parece... errado ouvir homens adultos fazendo isso. Mas os Senhores gostam de incentivar as artes dos nativos. E a dança, às vezes, é muito bonita...

— Não. — Uma inquietação crescente dominava Falk, um impulso forte de levar aquilo até o fim e acabar logo com tudo. — Tenho uma pergunta para aquele que se chama Abundibot, se ele quiser nos receber.

— Claro. Ele foi meu professor por muito tempo; posso chamá-lo com isto. — Orry ergueu até a boca a pulseira de elos dourados em seu pulso. Enquanto falava nela, Falk se lembrava das preces murmuradas de Estrel para seu amuleto e se espantava com sua própria cegueira. Qualquer idiota teria adivinhado que aquilo era um transmissor. Qualquer idiota, menos ele... — Lorde Abundibot disse para irmos quando quisermos. Ele está no Palácio Leste — anunciou Orry, e eles partiram. Ao saírem, o garoto jogou displicentemente um dinheiro ao garçom, que os acompanhou até a porta fazendo mesuras.

Nuvens primaveris carregadas escondiam as estrelas e a lua, mas as ruas brilhavam com luz. Falk atravessava a cidade com o coração pesado. Apesar de todos os seus temores, ansiara por ver a cidade, *elonaae*, o Lugar dos Homens; mas agora tudo o que sentia era preocupação e cansaço. Não era a multidão que o incomodava, embora nunca em sua memória tivesse visto mais do que dez casas ou cem pessoas juntas. O que o oprimia não era a realidade da cidade, mas sua irrealidade. Aquilo não era um Lugar dos Homens. Es Toch não transmitia nenhuma sensação de história, de ligação com o passado ou com o espaço, apesar de governar o mundo há um milênio. Não havia bibliotecas, escolas, museus, como os antigos telepergaminhos da Casa de Zove o haviam levado a esperar; não havia monumentos ou lembranças da Grande Era do Homem; não havia fluxo de conhecimento ou de mercadorias. O dinheiro usado era apenas uma dádiva dos shing, pois não existia uma economia que desse à cidade uma verdadeira vitalidade própria. Diziam que havia muitos Senhores, mas, ainda assim, na Terra, eles mantinham apenas essa única cidade, isolada, assim como a Terra em si era mantida isolada dos outros mundos que um dia haviam formado a Liga. Es Toch era autossuficiente, autoalimentada, desenraizada; toda a sua deslumbrante profusão de luzes, máquinas e rostos, sua multiplicidade de estranhos, sua luxuosa complexidade, erguia-se sobre um abismo, um lugar oco. Era o Lugar da Mentira. Ainda assim, era maravilhosa, como uma joia esculpida caída na vastidão selvagem da Terra: maravilhosa, atemporal, alienígena.

Os deslizadores os levaram sobre uma das pontes arqueadas, sem corrimão, rumo a uma torre luminosa. O rio lá embaixo corria invisível na escuridão; as montanhas estavam ocultas pela noite, pela tempestade e pelo clarão da cidade. Homens-instrumento receberam Falk e Orry na entrada da torre, conduzindo-os a um elevador valvulado e, dali, a uma sala cujas paredes, como sempre sem janelas e translúcidas, pareciam feitas de névoa azulada e cintilante. Pediram-lhes que se sentassem e lhes serviram copos altos e prateados com alguma bebida. Falk provou com cautela e ficou surpreso ao perceber que era o mesmo licor de sabor de zimbro que haviam lhe dado certa vez no Enclave do Kansas. Sabia que era uma bebida forte e entorpecente, então não tomou mais; já Orry bebeu o seu de um só gole, satisfeito. Abundibot entrou: alto, vestido de branco, o rosto coberto por uma máscara. Dispensou os homens-instrumento com um gesto discreto e parou a certa distância de Falk e Orry. Na mesinha ao lado deles, haviam deixado um terceiro copo prateado. Ele o ergueu como se em um brinde, e tomou tudo de uma só vez e então disse com sua voz seca e sussurrante:

— Você não bebe, Lorde Ramarren. Há um ditado muito antigo na Terra: no vinho está a verdade. — Sorriu, e logo o sorriso desapareceu. — Mas talvez sua sede seja pela verdade, não pelo vinho.

— Há uma pergunta que eu quero lhe fazer.

— Só uma? — O tom zombeteiro ficou claro para Falk, tão claro que ele olhou para Orry para ver se o garoto também tinha percebido. Porém o menino, sugando mais um tubo de *pariitha*, com seus olhos cinza-dourados baixos, não notara nada.

— Prefiro falar com você a sós por um momento — disse Falk de repente.

Ao ouvir isso, Orry levantou os olhos, confuso.

— Como quiser — respondeu o shing. — Mas não fará diferença na minha resposta se Har Orry estiver próximo ou não. Não há nada que possamos dizer a ele que não possamos dizer a você, e nada que possamos lhe dizer e esconder dele. Mas, se prefere que ele saia, assim será.

— Espere por mim no corredor, Orry — instruiu Falk. Obediente, o garoto saiu. Quando as portas verticais se fecharam atrás dele, Falk disse, ou melhor, sussurrou, porque ali todos sussurravam. — Quero repetir o que perguntei antes. Não tenho certeza se entendi. Vocês só podem restaurar minha memória anterior ao custo da minha memória atual. Isso é verdade?

— Por que pergunta o que é verdade? Vai acreditar?

— Por que... por que eu não acreditaria? — retrucou Falk. Mas sentiu um aperto no coração, pois sentia que o shing estava brincando com ele, como se ele fosse uma criatura completamente impotente e incapaz.

— Não somos os Mentirosos? Você não deve acreditar em nada do que dizemos. Foi isso o que lhe ensinaram na Casa de Zove. E é assim que você pensa. Nós sabemos o que você pensa.

— Responda à minha pergunta — insistiu Falk, sabendo que era inútil sua teimosia.

— Vou lhe dizer o que já disse antes, e da melhor forma possível, embora Ken Kenyek entenda desses assuntos melhor do que eu. Ele é nosso mais hábil manipulador de mentes. Quer que eu o chame? Sem dúvida, ele estaria disposto a projetar sua presença aqui. Não? Isso não faz diferença, é claro. Falando de forma simplificada, a resposta à sua pergunta é esta: sua mente foi, como dizemos, destruída. A Destruição Mental é um procedimento, não cirúrgico, obviamente, mas sim paramental, envolvendo equipamentos psicoelétricos cujos efeitos são muito mais absolutos do que qualquer bloqueio hipnótico. A restauração de uma mente destruída é possível, mas, consequentemente, é algo muito mais drástico do que a simples remoção de um bloqueio hipnótico. O que está em jogo, para você, neste momento, é uma memória e uma estrutura parcial de personalidade secundárias, suplementares, que você agora chama de "eu". Mas, claro, isso não é verdade. De uma perspectiva imparcial, essa segunda identidade sua é um mero vestígio, emocionalmente atrofiado e intelectualmente limitado em comparação com o verdadeiro eu, que está oculto em camadas profundas. Como não podemos esperar, e não esperamos, que você consiga olhar para isso de forma imparcial, gostaríamos de poder garantir que a restauração de Ramarren incluirá a continuidade de Falk. E fomos tentados a mentir para você sobre isso, para poupá-lo do medo e da dúvida, para facilitar sua decisão. Mas é melhor que saiba a verdade. Não aceitaríamos o contrário, e achamos que você também não. A verdade é esta: quando restaurarmos a totalidade sináptica normal da sua mente original, para simplificar a operação incrivelmente complexa que Ken Kenyek e seus psicocomputadores estão prontos para realizar, essa restauração implicará o bloqueio total da estrutura sináptica secundária que você agora considera sua mente e seu eu. Essa segunda totalidade será irrecuperavelmente suprimida: destruída, por sua vez.

— Para reviver Ramarren, vocês precisam matar Falk, então.

— Nós não matamos — sussurrou o shing com sua voz áspera, e então repetiu, com uma intensidade flamejante em mentefala: *Nós não matamos!*

Houve uma pausa.

— Para ganhar o maior, é preciso abrir mão do menor. Essa é sempre a regra — murmurou o shing.

— Para viver, é preciso aceitar morrer — disse Falk, e viu o rosto-máscara se contrair. — Muito bem. Eu aceito. Consinto que me matem. Meu consentimento não faz diferença, faz? E, ainda assim, vocês o querem.

— Nós não vamos matá-lo. — O sussurro veio mais alto. — Nós não matamos. Não tiramos vidas. Estamos restaurando você à sua verdadeira vida e identidade. Só que você deve esquecer. Esse é o preço; não há escolha ou dúvida: para ser Ramarren, você deve esquecer Falk. A isso você deve consentir, sim, mas é tudo o que pedimos.

— Me deem mais um dia — disse Falk, levantando-se e encerrando a conversa.

Ele havia perdido; estava impotente. Mas, ainda assim, fizera a máscara se contrair; tocara, por um instante, o próprio cerne da mentira, e, naquele momento, percebeu que se tivesse a inteligência ou a força para alcançá-la, a verdade estava muito próxima.

— Venha comigo um instante. Quero falar com você longe dessas paredes — disse para Orry quando já estavam na rua após deixar o prédio.

Atravessaram a rua iluminada até a borda do penhasco e ficaram lado a lado no vento frio da noite primaveril. As luzes da ponte se estendiam além deles, sobre o abismo negro que despencava abruptamente logo após o limite da rua.

— Quando eu era Ramarren — perguntou Falk lentamente —, eu tinha o direito de lhe pedir um favor?

— Qualquer favor — respondeu o garoto com uma prontidão séria, que parecia ecoar o treinamento rígido de sua infância em Werel.

Falk olhou diretamente para ele, sustentando seu olhar por um momento. Então apontou para a pulseira de elos dourados no pulso de Orry e, com um gesto, indicou que ele deveria tirá-la e jogá-la no desfiladeiro.

Orry começou a falar, mas Falk levou o dedo aos lábios.

O olhar do garoto vacilou; ele hesitou, depois deslizou a corrente para fora do pulso e a atirou na escuridão. Em seguida, voltou-se para Falk, o rosto marcado por medo, confusão e um anseio visível por aprovação.

Pela primeira vez, Falk o chamou pessoalmente através da mentefala: *Você está usando mais algum outro dispositivo ou enfeite, Orry?*

No início, o garoto não compreendeu. A transmissão de Falk era inepta e fraca comparada à dos shing. Quando finalmente entendeu, respondeu paraverbalmente, com clareza: *Não, só o comunicador. Por que me pediu para jogá-lo fora?*

Quero falar sem que ninguém mais ouça, Orry.

O garoto pareceu assustado e impressionado.

— Os Senhores podem ouvir — sussurrou em voz alta. — Eles podem ouvir a mentefala em qualquer lugar, *prech* Ramarren... e eu mal tinha começado o treinamento de bloqueio mental...

— Então falaremos em voz alta — disse Falk, embora duvidasse que os shing pudessem escutar a mentefala "em qualquer lugar" sem ajuda mecânica. — É isto que quero lhe perguntar. Esses Senhores de Es Toch me trouxeram para cá, ao que parece, para restaurar minha memória como Ramarren. Mas só podem fazer isso, ou só se dispõem a fazer isso, ao custo de minha memória atual, apagando tudo o que aprendi na Terra. Eles insistem nisso. Eu não quero que seja assim. Não quero esquecer o que sei e suspeito, para então me tornar um instrumento ignorante nas mãos deles. Não quero morrer de novo antes da minha morte! Acho que não posso resistir a eles, mas vou tentar, e o favor que lhe peço é... — Ele parou, hesitando entre suas opções, pois não tinha traçado um plano.

O rosto de Orry, que estivera vibrante, voltou a se nublar de confusão.

— Mas por quê...? — perguntou ele, por fim.

— O quê? — respondeu Falk, vendo a breve autoridade que tivera sobre o garoto se dissipar. Ainda assim, ao menos tinha feito Orry perguntar "por quê?" Se era possível alcançá-lo, aquele era o momento.

— Por que você desconfia dos Senhores? Por que eles gostariam de apagar sua memória da Terra?

— Porque Ramarren não sabe o que eu sei. Nem você. E nossa ignorância pode trair o mundo que nos enviou para cá.

— Mas você... você nem sequer se lembra do nosso mundo...

— Não. Mas não quero servir aos Mentirosos que governam este. Preste atenção. Isto é tudo o que consigo deduzir sobre o que eles querem. Eles vão restaurar minha mente original para descobrir o verdadeiro nome e a localização do nosso mundo natal. Se conseguirem essa informação enquanto mexem na minha mente, acho que me matarão na hora e dirão a você que a operação foi fatal. Ou então destruirão minha mente de novo e dirão que a operação falhou. Se não descobrirem de imediato, me deixarão viver, pelo menos até que eu lhes conte o que querem saber. E, como Ramarren, eu não saberei o suficiente para não contar. Depois disso, nos mandarão de volta para Werel, os únicos sobreviventes da grande viagem, retornando após séculos para contar como, na sombria e bárbara Terra, os shing mantêm acesa bravamente a tocha da civilização. Os shing, que não são inimigos de ninguém. Os Senhores altruístas. Os Senhores sábios, que são, na verdade, homens da Terra, e não alienígenas nem conquistadores. Contaremos a Werel tudo sobre os bondosos shing. E eles acreditarão em nós. Acreditarão nas mentiras que nós acreditamos. E assim não temerão nenhum ataque dos shing. E não enviarão ajuda aos homens da Terra, aos verdadeiros homens, que esperam ser libertos da Mentira.

— Mas, *prech* Ramarren, o que eles dizem não são mentiras — disse Orry.

Falk olhou para ele por um instante sob a luz difusa, brilhante e instável. Seu coração afundou.

— Você fará o favor que eu lhe pedir? — perguntou, por fim.

— Sim — sussurrou o garoto.

— Sem contar a mais ninguém o que é?

— Sim.

— É muito simples. Quando me vir pela primeira vez como Ramarren, se é que algum dia verá, diga-me estas palavras: Leia a primeira página do livro.

— Leia a primeira página do livro — repetiu Orry, dócil.

Houve uma pausa. Falk sentiu-se embrulhado na futilidade de tudo, como uma mosca enredada em teias de aranha.

— Isso é tudo, *prech* Ramarren?

— É.

O garoto inclinou a cabeça e murmurou uma frase em sua língua natal, aparentemente uma fórmula de promessa.

— O que devo dizer a eles sobre o comunicador da pulseira, *prech* Ramarren? — perguntou.

— A verdade. Não importa, desde que você guarde o outro segredo — respondeu Falk. Pelo menos, parecia que não haviam ensinado o garoto a mentir. Mas também não o haviam ensinado a distinguir a verdade da mentira.

Orry o levou de volta pela ponte em seu deslizador, e ele reentrou no palácio brilhante, envolto em névoa, onde Estrel o trouxera pela primeira vez. Assim que ficou sozinho no quarto, cedeu ao medo e à raiva, sabendo o quanto tinha sido enganado e reduzido à impotência. Quando conseguiu controlar a fúria, ainda andava pelo cômodo feito um urso enjaulado, lutando contra o medo da morte.

Se implorasse, será que não o deixariam viver como Falk, que era inútil para eles, mas também inofensivo?

Não. Não deixariam. Isso estava claro, e só a covardia o fazia considerar essa ideia. Não havia esperança ali.

Será que conseguiria escapar?

Talvez. A aparente solidão daquele enorme edifício poderia ser um engodo, uma armadilha ou, como tantas outras coisas ali, uma ilusão. Sentia e intuía que era constantemente vigiado, fosse por presenças ocultas, fosse por dispositivos eletrônicos. Todas as portas eram guardadas por homens-instrumento ou monitores eletrônicos. Mas, se conseguisse fugir de Es Toch, e depois?

Conseguiria atravessar novamente as montanhas, cruzar as planícies, atravessar a floresta e, por fim, chegar à Clareira, onde Parth... Não!, interrompeu-se, irritado consigo mesmo. Não podia voltar atrás. Chegara até ali seguindo seu caminho e deveria continuar até o fim: até a morte se necessário, até o renascimento — o renascimento de um estranho, de uma alma alienígena.

Mas não havia ninguém ali para contar a esse estranho e alienígena a verdade. Não havia ninguém ali em quem Falk pudesse confiar, exceto ele mesmo, e, por isso, não apenas Falk precisava morrer, mas sua morte ainda precisava servir à vontade do Inimigo. Era isso que ele não podia aguentar; isso, sim, era insuportável. Ele andava de um lado para o outro no crepúsculo esverdeado do quarto. Relâmpagos difusos e silenciosos cruzavam o teto. Não serviria aos Mentirosos. Não lhes diria o que queriam saber. Não era Werel que ele amava — até onde sabia, suas suposições poderiam estar erradas e Werel em si era uma mentira; Orry seria apenas uma Estrel mais elaborada; não tinha como ter certeza. Mas ele amava a Terra, embora fosse um alienígena nela. E a Terra, para ele, era a casa na floresta, o sol na Clareira, Parth. Esses, ele não os trairia. Ele precisava acreditar que havia um meio de se impedir, contra toda força e engodo, de traí-los.

Repetidamente, ele tentava imaginar alguma forma de deixar uma mensagem para si mesmo, como Falk, de modo que Ramarren a encontrasse: um problema tão grotesco que desafiava sua imaginação, e além disso, insolúvel. Ainda que os shing não o vissem escrever essa mensagem, certamente a encontrariam depois de escrita. No início, pensou em usar Orry como intermediário, ordenando-lhe que dissesse a Ramarren: "Não responda às perguntas dos shing", mas não conseguiu confiar que Orry obedeceria ou que manteria a ordem em segredo. Os shing haviam manipulado tanto a mente do garoto que, agora, ele era essencialmente um instrumento deles; e até mesmo a mensagem sem sentido que Falk lhe passara poderia já ser do conhecimento dos Senhores dele.

Não havia truque ou artifício, nenhum meio ou jeito de escapar ou de se desviar. Restava apenas uma esperança, e muito pequena: que ele conseguisse se manter firme; que, independentemente do que fizessem com ele, Falk conseguisse manter sua identidade e se recusasse a esquecer, se recusasse a morrer. A única coisa que lhe dava alguma base para acreditar que isso talvez fosse possível era o fato de que os shing haviam dito que era impossível.

Eles queriam que Falk acreditasse que era impossível. Os delírios, aparições e alucinações das primeiras horas ou dias em Es Toch tinham sido impostas a ele apenas para confundir e enfraquecer sua autoconfiança: porque era isso que eles buscavam. Queriam que ele duvidasse de si mesmo, de suas crenças, de seu conhecimento, de sua força. Todas as explicações sobre "destruição mental" eram, então, igualmente uma intimidação, um bicho-papão, para convencê-lo de que ele não poderia resistir às operações para-hipnóticas deles.

Ramarren não havia resistido a elas...

Mas Ramarren não tinha suspeitas nem alertas sobre os poderes deles ou o que tentariam fazer com ele, enquanto Falk tinha. Isso poderia fazer a diferença. Mesmo assim, a memória de Ramarren não foi destruída de maneira irreversível, como insistiam que a de Falk seria: a prova disso era que eles pretendiam recuperá-la.

Uma esperança; uma esperança muito pequena. Tudo o que ele podia fazer era dizer *Eu vou sobreviver*, na esperança de que fosse verdade; e, com sorte, seria. E sem sorte...?

A esperança é uma coisa mais tênue e mais resistente até do que a confiança, pensou ele, enquanto caminhava pela sua cela, com os relâmpagos vagos e silenciosos iluminando o céu acima. Em uma boa estação, confia-se na vida; em uma estação ruim, só se pode ter esperança. Mas elas têm a mesma essência: são a relação indispensável da mente com outras mentes, com o mundo e com o tempo. Sem confiança, um homem vive, mas não uma vida humana; sem esperança, ele morre. Quando não há relação, quando as mãos não se tocam, as emoções se atrofiam no vazio e a inteligência se torna estéril e obcecada. Entre os homens, o único laço restante é aquele entre senhor e escravo, ou entre assassino e vítima.

As leis são feitas contra o impulso que um povo mais teme em si mesmo. *Não matar* era a única Lei proclamada pelos shing. Todo o resto era permitido: o que significava, talvez, que eles não queriam fazer muita coisa além disso... Temendo sua própria atração profunda pela morte, pregavam a Reverência pela Vida, enganando-se, por fim, com a própria mentira.

Contra eles, ele nunca prevaleceria, exceto, talvez, por meio da única qualidade com a qual nenhum mentiroso consegue lidar: a integridade. Talvez não ocorresse a eles que um homem poderia desejar tanto ser ele mesmo, viver sua própria vida, a ponto de resistir a eles, mesmo estando indefeso em suas mãos.

Talvez, talvez.

Finalmente, silenciando de forma deliberada seus pensamentos, ele pegou o livro que o Príncipe de Kansas lhe dera e que, contrariando a previsão do Príncipe, ele ainda não havia perdido, e leu por um tempo, com muita atenção, antes de dormir.

Na manhã seguinte — talvez a última desta vida —, Orry sugeriu que fizessem um passeio de aerocarro, e Falk concordou, dizendo que gostaria de ver o Oceano Ocidental. Com uma cortesia elaborada, dois dos shing, Abundibot e Ken Kenyek, perguntaram se poderiam acompanhar seu estimado convidado e responder a quaisquer outras perguntas que ele desejasse fazer sobre o Domínio da Terra, ou sobre a operação planejada para o dia seguinte. Falk realmente tinha algumas esperanças vagas de aprender mais detalhes sobre o que planejavam fazer com sua mente, para poder oferecer uma resistência mais forte. De nada adiantou. Ken Kenyek despejou uma interminável verborreia sobre neurônios e sinapses, resgate, bloqueio, liberação, drogas, hipnose, para-hipnose, computadores conectados ao cérebro... nada daquilo fazia sentido, mas tudo era assustador. Falk logo parou de tentar entender.

O aerocarro, pilotado por um homem-instrumento calado que parecia não passar de uma extensão dos controles, sobrevoou as montanhas e disparou para o oeste sobre os desertos, brilhando com a breve florada da primavera. Em poucos minutos, estavam se aproximando da face de granito da Cordilheira Ocidental. Ainda cortadas e despedaçadas, expostas pelas catástrofes de dois mil anos atrás, as Sierras se erguiam, picos irregulares emergindo das gargantas de neve. Para além dos picos, jazia o oceano, brilhante à luz do sol; sob as ondas, as terras submersas.

Ali havia cidades, obliteradas, assim como em sua própria mente, cidades esquecidas, lugares perdidos, nomes perdidos. Quando o aerocarro fez a curva para voltar para o leste, ele disse:

— Amanhã o terremoto; e Falk cairá...

— Uma pena que precise ser assim, Lorde Ramarren — disse Abundibot com satisfação. Ou parecia que ele falava com satisfação.

Sempre que Abundibot expressava alguma emoção em palavras, a expressão soava tão falsa que parecia implicar uma emoção oposta; mas talvez o que realmente implicasse fosse a total ausência de qualquer afeto ou sentimento. Ken Kenyek, de rosto branco e olhos pálidos, com feições regulares e sem idade, não demonstrava nem fingia qualquer emoção quando falava ou quando, como agora, permanecia imóvel e impassível, nem sereno nem imperturbável, mas totalmente fechado, autossuficiente, distante.

O aerocarro disparou de volta através dos quilômetros de deserto entre Es Toch e o mar; não havia sinal de habitação humana em toda aquela grande extensão. Eles pousaram no telhado do edifício onde ficava o quarto de Falk. Após algumas horas passadas na presença fria e opressiva dos shing, ele desejava até mesmo aquela solidão ilusória. Eles lhe permitiram tê-la; o resto da tarde e a noite ele passou sozinho na sala de paredes enevoadas. Temia que os shing o drogassem de novo ou enviassem ilusões para distraí-lo e enfraquecê-lo, mas aparentemente sentiram que não precisavam mais tomar precauções com ele. Foi deixado em paz para caminhar sobre o piso translúcido, sentar-se quieto e ler seu livro. O que, afinal, ele poderia fazer contra a vontade deles?

Repetidamente, durante aquelas longas horas, ele retornou ao livro, o Antigo Cânone. Não se atrevia a marcá-lo nem com a unha; apenas o lia, apesar de já conhecê-lo tão bem, com total absorção, página após página, entregando-se às palavras, repetindo-as para si mesmo enquanto caminhava ou se sentava ou se deitava, retornando de novo e de novo e mais uma vez ao começo, às primeiras palavras da primeira página:

O caminho que pode ser percorrido

não é o Caminho eterno.
O nome que pode ser nomeado
não é o Nome eterno.

E noite adentro, sob a pressão do cansaço e da fome, dos pensamentos que ele não se permitia pensar e do terror da morte que não se permitia sentir, sua mente entrou finalmente no estado que buscava. As paredes desapareceram; seu eu desprendeu-se de si, e ele não era nada. Ele era as palavras: ele era a palavra, a palavra dita nas trevas sem ninguém para ouvir no início, a primeira página do tempo. Seu eu havia se desprendido e ele era totalmente, eternamente ele mesmo: sem nome, uno, um.

Gradualmente, o momento passou, e as coisas voltaram a ter nomes, e as paredes se ergueram. Ele leu a primeira página do livro mais uma vez, e então deitou-se e dormiu.

A parede leste de seu quarto estava brilhante como esmeralda com a luz do sol nascente quando dois homens-instrumento vieram buscá-lo e o fizeram descer pelos corredores e andares enevoados do edifício até a rua, e de lá, usando um deslizador, cruzaram as ruas sombrias e atravessaram o abismo para outra torre. Esses dois não eram os servos que o haviam atendido, mas uma dupla de grandes guardas calados. Lembrando-se da brutalidade metódica da surra que recebera quando entrou pela primeira vez em Es Toch, a primeira lição de desconfiança em si mesmo que os shing lhe deram, ele supôs que temiam que ele tentasse escapar neste último momento, e haviam providenciado esses guardas para desestimular qualquer impulso nesse sentido.

Foi levado através de um labirinto de salas que terminavam em cubículos subterrâneos iluminados, todos cercados e dominados por telas e bancos de um imenso complexo de computadores. Em um desses, Ken Kenyek avançou para se encontrar com ele, sozinho. Era curioso como ele havia visto os shing apenas um ou dois por vez, e pouquíssimos deles ao todo. Mas não havia tempo para se perguntar sobre isso agora, embora nos limites de sua mente uma vaga memória, uma explicação, dançou por um instante, até que Ken Kenyek falou.

— Você não tentou cometer suicídio ontem à noite — disse o shing em seu sussurro monótono.

Essa era, de fato, a única saída que nunca havia lhe ocorrido.

— Pensei em deixar você cuidar disso — disse ele.

Ken Kenyek não deu atenção às suas palavras, embora parecesse ouvir atentamente.

— Tudo está pronto — informou ele. — Estes são os mesmos bancos e precisamente as mesmas conexões que foram usadas para bloquear sua estrutura mental-paramental primária há seis anos. A remoção do bloqueio deve ocorrer sem maiores dificuldades ou traumas, dado o seu consentimento. O consentimento é essencial para a restauração, apesar de não o ser para a repressão. Você está pronto agora? — Quase ao mesmo tempo em que dizia isso em voz alta, ele chamou pessoalmente Falk em sua clara e deslumbrante mentefala: *Você está pronto*?

Ele ouviu atentamente enquanto Falk respondia da mesma forma: *Estou.*

Como se satisfeito com a resposta ou com seu tom enfático, o shing assentiu e disse em seu sussurro monótono.

— Vou começar então, sem drogas. As drogas embaçam a clareza dos processos para-hipnóticos; é mais fácil trabalhar sem elas. Sente-se ali.

Falk obedeceu, silente, tentando manter sua mente igualmente silenciosa.

Um assistente entrou a algum sinal não verbal e se aproximou de Falk enquanto Ken Kenyek se sentava à frente de um dos bancos de computador, como um músico diante de um instrumento. Por um momento, Falk se lembrou do grande quadro de padrões na Sala do Trono de Kansas, as mãos rápidas e escuras que pairavam sobre ele, formando e desmanchando os padrões claros e cambiáveis de pedras, estrelas, pensamentos... Uma escuridão desceu como uma cortina sobre seus olhos e sua mente. Ele percebeu que algo era colocado sobre sua cabeça, um capuz ou uma touca; então, ele não teve consciência de mais nada, e tudo era escuridão, escuridão infinita, trevas. Nas trevas, uma voz dizia uma palavra em sua mente, uma palavra que ele quase entendia. Repetidamente a mesma palavra, a palavra, a palavra, o nome... Como o acender de uma luz, sua vontade de sobreviver irrompeu, e ele a declarou com terrível esforço, contra todas as probabilidades, em silêncio: *Eu sou Falk!*

Então, escuridão.

IX

Era um lugar tranquilo e sombrio, como uma floresta profunda. Fraco, ele permaneceu deitado por muito tempo entre o sono e a vigília. Frequentemente sonhava ou se lembrava de fragmentos de um sonho de um sono anterior, mais profundo. Então voltava a dormir, e acordava de novo na penumbra verdejante e silenciosa.

Houve um movimento perto dele. Virando a cabeça, viu um jovem, um estranho.

— Quem é você?

— Har Orry.

O nome caiu como uma pedra na placidez sonhadora de sua mente e desapareceu. Apenas as ondulações se alargaram, suavemente, devagar, até que, por fim, a mais distante alcançou a margem e se quebrou. Orry, filho de Har Weden, um dos Viajantes… um garoto, uma criança, Invernato.

A superfície imóvel do lago do sono foi cruzada por um leve distúrbio. Ele fechou os olhos de novo e desejou afundar outra vez.

— Sonhei — murmurou de olhos fechados. — Tive muitos sonhos…

Mas já estava desperto novamente, encarando aquele rosto assustado, irresoluto, juvenil. Era Orry, filho de Weden: Orry como pareceria dali a cinco ou seis fases da lua, se sobrevivessem à Viagem.

O que era mesmo que ele tinha esquecido?

— Que lugar é este?

— Por favor, fique deitado, *prech* Ramarren... não fale ainda, por favor, fique deitado.

— O que aconteceu comigo? — A tontura o forçou a obedecer ao garoto e recostar-se. Seu corpo, até mesmo os músculos dos lábios e da língua ao falar, não lhe obedeciam direito. Não era fraqueza, mas uma estranha falta de controle. Para erguer a mão, precisava de um esforço consciente, como se estivesse pegando a mão de outra pessoa.

A mão de outra pessoa... Ele ficou um bom tempo encarando o próprio braço e a mão. A pele estava estranhamente escurecida, com a cor de couro de hann curtido. Pelo antebraço até o pulso, uma sequência de cicatrizes azuladas corria paralela, levemente pontilhada, como se tivesse sido feita por repetidas picadas de agulha. Até mesmo a pele da palma estava áspera e endurecida, como se ele tivesse passado muito tempo ao ar livre, em vez de nos laboratórios e salas de computação do Centro da Viagem, nos Salões do Conselho e nos Lugares de Silêncio, em Wegest...

Olhou ao redor de repente. O cômodo onde estava não tinha janelas; mas, de um jeito estranho, ele conseguia ver a luz do sol dentro e através de suas paredes esverdeadas.

— Houve um acidente — disse por fim. — No lançamento, ou quando... Mas conseguimos fazer a Viagem. Fizemos. Ou eu sonhei?

— Não, *prech* Ramarren. Fizemos a Viagem.

Silêncio outra vez. Depois de um tempo, ele disse:

— Só consigo lembrar da Viagem como se tivesse sido uma única noite, uma noite longa, a noite passada... Mas ela te fez crescer, de criança a quase homem. Então estávamos errados sobre isso.

— Não... a Viagem não me fez envelhecer... — Orry parou.

— Onde estão os outros?

— Perdidos.

— Mortos? Seja franco, *vesprech* Orry.

— Provavelmente mortos, *prech* Ramarren.

— Que lugar é este?

— Por favor, descanse agora...

— Responda.

— Este é um quarto em uma cidade chamada Es Toch, no planeta Terra — respondeu o garoto com a devida franqueza, e então irrompeu em algo como um lamento. — Você não sabe? Não se lembra de nada, nada? Isso está pior do que antes...

— Como eu deveria me lembrar da Terra? — sussurrou Ramarren.

— Eu... eu deveria dizer a você: *Leia a primeira página do livro.*

Ramarren não prestou atenção à hesitação do garoto. Agora sabia que tudo tinha dado errado, que um tempo havia passado sem que ele tivesse consciência disso. Mas até que conseguisse dominar aquela estranha fraqueza do próprio corpo, não poderia fazer nada. Por isso, ficou quieto até que a tontura passasse. Depois, com a mente fechada, repetiu certos Solilóquios do Quinto Nível; e, quando eles aquietaram sua mente também, invocou o sono.

Os sonhos se ergueram à sua volta mais uma vez, complexos e assustadores, mas atravessados por uma doçura, como a luz do sol rompendo a escuridão de uma floresta antiga. Com o sono mais profundo, essas fantasias se dissiparam, e seu sonho se tornou uma lembrança simples e vívida: ele estava esperando ao lado do aerofólio para acompanhar o pai até a cidade. Nos contrafortes de Charn, as florestas estavam meio desfolhadas em sua longa agonia, mas o ar era quente, límpido e imóvel. Seu pai, Agad Karsen, um homem idoso, esguio e ágil, em suas vestes cerimoniais e capacete, segurava a pedra de ofício enquanto atravessava despreocupadamente o gramado com sua filha. Ambos riam, e ele a provocava sobre seu primeiro pretendente.

— Cuidado com esse rapaz, Parth, ele vai cortejá-la sem piedade se você deixar.

Palavras ditas com leveza, há muito tempo, sob a luz dourada do longo outono de sua juventude; agora ele as ouvia de novo, e também a risada da garota em resposta. Irmã, irmãzinha, querida Arnan... Como seu pai a chamava? Não pelo nome verdadeiro, mas por outro nome...

Ramarren acordou. Sentou-se, fazendo um esforço consciente para assumir o comando do próprio corpo — sim, seu corpo, ainda hesitante e trêmulo, mas certamente seu. Por um instante, ao despertar, sentira-se um fantasma em uma carne estranha, deslocado, perdido.

Mas estava bem. Era Agad Ramarren, nascido na casa de pedra prateada, entre amplos gramados, sob o pico branco de Charn, a Montanha Única. Herdeiro de Agad, Outonato, de modo que toda a sua vida fora vivida no outono e no inverno. A primavera ele nunca tinha visto, talvez nunca visse, pois a nave *Alterra* partira para a Terra no primeiro dia da primavera. Mas o longo inverno e o outono, a extensão de sua idade adulta, juventude e infância, estendiam-se atrás dele, vivos e intactos, como um rio fluindo de volta à nascente.

O garoto Orry não estava mais no quarto.

— Orry! — chamou em voz alta. Estava pronto agora, determinado a descobrir o que acontecera com ele, com seus companheiros, com a *Alterra* e sua missão.

Não houve resposta nem sinal. O cômodo parecia não apenas desprovido de janelas, mas também de portas. Ele conteve o impulso de chamar mentalmente o garoto; não sabia se Orry ainda estava sintonizado com ele e, além disso, como sua própria mente aparentemente sofrera algum dano ou interferência, era melhor agir com cautela e se manter fora de fase com qualquer outra mente até entender se estava sob ameaça de controle volitivo ou anticronia.

Levantou-se, ignorando a vertigem e uma dor occipital aguda e breve, e caminhou pelo quarto algumas vezes, ajustando sua harmonia muscular enquanto estudava as roupas estranhas que vestia e o aposento incomum onde estava. Havia muitos móveis: cama, mesas, assentos, todos apoiados sobre pernas longas e finas. As paredes translúcidas, de um verde turvo, eram cobertas por padrões explicitamente enganosos e desconexos, um dos quais disfarçava uma porta em forma de íris, outro, um espelho de meio corpo.

Parou e olhou para si mesmo por um instante. Estava magro, queimado de sol, talvez mais velho; não sabia ao certo. Sentiu-se estranhamente constrangido ao encarar a própria imagem. Que inquietação era essa, essa falta de concentração? O que tinha acontecido, o que fora perdido? Virou-se e voltou a examinar o quarto. Havia vários objetos enigmáticos espalhados, e dois familiares, ainda que diferentes nos detalhes: um copo sobre uma das mesas e, ao lado dele, um livro encadernado. Pegou o livro. Algo que Orry dissera lampejou em sua mente e logo se apagou. O título não fazia sentido, embora os caracteres fossem claramente relacionados ao alfabeto da Língua dos Livros. Abriu-o e folheou as páginas. As da esquerda estavam preenchidas — escritas à mão, pelo visto — com colunas de padrões maravilhosamente complexos que poderiam ser símbolos holísticos, ideogramas, taquigrafia tecnológica. As páginas da direita também eram manuscritas, mas em uma caligrafia semelhante à dos Livros, em galáctica. Um livro de códigos? Mas ele mal decifrara uma ou duas palavras quando a porta se abriu silenciosamente, retraindo-se como uma íris, e uma pessoa entrou no quarto: uma mulher.

Ramarren a encarou com intensa curiosidade, sem reservas e sem medo; apenas, talvez, por sentir-se vulnerável, intensificou um pouco o olhar direto e autoritário ao qual seu nascimento, Nível conquistado e *arlesh* lhe davam direito. Sem se abalar, ela sustentou seu olhar. Ficaram assim por um momento, em silêncio.

Era bonita e delicada, vestida de maneira fantástica, os cabelos descoloridos ou tingidos de um tom avermelhado. Os olhos eram um círculo escuro em um oval branco. Olhos como os das figuras pintadas no Salão da Liga da Cidade Antiga, afrescos de pessoas altas, de pele escura, construindo uma cidade, guerreando contra os Migradores, observando as estrelas: os Colonos, os terranos de *Alterra*…

Agora, Ramarren sabia sem sombra de dúvida que estava na Terra, que havia completado sua Viagem. Deixou de lado o orgulho e a autopreservação e se ajoelhou diante dela. Para ele, para todos os que o enviaram naquela missão através de mais de um quadrilhão de quilômetros de vazio, ela pertencia a uma raça que o tempo, a memória e o esquecimento haviam imbuído de divindade. Individual, única ali diante dele, e ainda assim, era da Raça dos Homens e o olhava com os olhos dessa Raça; e ele honrou a história, o mito e o longo exílio de seus ancestrais, abaixando a cabeça diante dela enquanto se ajoelhava.

Levantou-se e estendeu as mãos abertas no gesto de recepção kelshak, e ela começou a falar. A voz dela era estranha, muito estranha, pois, embora nunca a tivesse visto antes, seu timbre lhe soava infinitamente familiar. E, ainda que não conhecesse a língua que ela falava, captou uma palavra, depois outra. Por um instante, isso o assustou pela impossibilidade, e temeu que ela estivesse usando algum tipo de fala mental capaz de penetrar até mesmo sua barreira de desfase. No segundo seguinte, percebeu que a compreendia porque ela falava a Língua dos Livros, galáctica. Apenas seu sotaque e sua fluência na fala haviam impedido que ele a reconhecesse de imediato.

Ela já havia dito várias frases, falando de um jeito curiosamente frio, rápido, sem vida.

— ...não sabem que estou aqui — dizia ela. — Agora me diga, qual de nós é o mentiroso, o infiel? Caminhei ao seu lado por toda aquela estrada sem fim, me deitei com você por cem noites, e agora você nem sabe o meu nome. Sabe, Falk? Sabe o meu nome? Sabe o seu próprio nome?

— Sou Agad Ramarren — respondeu ele, e seu próprio nome, dito em sua própria voz, soou-lhe estranho.

— Quem lhe disse isso? Você é Falk. Não conhece um homem chamado Falk? Ele já vestiu sua pele. Ken Kenyek e Kradgy me proibiram de dizer esse nome a você, mas estou cansada de jogar o jogo deles e nunca o meu. Eu gosto de jogar meus próprios jogos. Não se lembra do seu nome, Falk? Falk, Falk, não se lembra do seu nome? Ah, continua tão estúpido como sempre foi, me olhando assim, feito um peixe perdido!

Na mesma hora, ele desviou o olhar. Entre os werelianos, olhar diretamente nos olhos de outra pessoa era uma questão delicada, rigidamente controlada por tabus e normas de cortesia. De início, essa foi sua única resposta às palavras dela, embora suas reações internas fossem imediatas e variadas. Primeiro, porque ela estava levemente drogada com alguma substância de ordem estimulante-alucinógena: isso ele detectou com certeza por meio de sua percepção treinada, gostasse ele ou não do que isso implicava sobre a Raça dos Homens. Segundo, porque não tinha certeza se havia compreendido tudo o que ela dissera e, certamente, não fazia ideia do que ela estava falando, mas sua intenção era agressiva, destrutiva. E a agressão era eficaz. Mesmo sem compreender, os insultos estranhos dela e aquele nome que ela repetia o abalaram, o perturbaram, o chocaram.

Virou-se um pouco, sinalizando que não voltaria a cruzar seu olhar, a menos que ela quisesse.

— Você é da Raça dos Homens, ou do Inimigo? — disse por fim, suavemente, na língua arcaica que seu povo conhecia apenas dos antigos livros da Colônia.

Ela riu de um jeito forçado, zombeteiro.

— Dos dois, Falk. O Inimigo não existe, e eu trabalho para eles. Escute, diga a Abundibot que seu nome é Falk. Diga a Ken Kenyek. Diga a todos os Lordes que seu nome é Falk, isso vai dar a eles algo com que se preocupar! Falk...

— Basta.

A voz dele continuava suave, mas ele falara com plena autoridade: ela parou com a boca aberta, atônita. Quando voltou a falar, foi apenas para repetir aquele nome pelo qual o chamava, agora com a voz trêmula, quase suplicante. Ela era patética, mas ele não respondeu. Ela estava em um estado psicótico, temporário ou permanente, e ele se sentia vulnerável demais, inseguro demais nessas circunstâncias para permitir que ela continuasse se comunicando. Ele próprio se sentia instável e, afastando-se, recolheu-se para dentro de si, tornando-se apenas secundariamente consciente da presença e da voz dela. Precisava se recompor; havia algo muito estranho acontecendo com ele, e não era efeito de drogas, pelo menos de nenhuma que conhecesse, mas sim um deslocamento profundo, um desequilíbrio pior do que qualquer uma das insanidades induzidas pela disciplina mental do Sétimo Nível. Mas teve pouco tempo. A voz atrás dele se elevou em um tom de rancor estridente, e então ele percebeu a mudança para a violência; com isso, captou a presença de uma segunda pessoa. Virou-se muito depressa: a mulher começava a sacar de sua vestimenta extravagante o que era claramente uma arma, mas estava paralisada, olhando não para ele, mas para um homem alto parado à porta.

Nenhuma palavra foi dita, mas o recém-chegado lançou sobre a mulher uma ordem telepática de força coercitiva tão esmagadora que fez Ramarren estremecer. A arma caiu no chão, e a mulher, soltando um som agudo e lamuriante, fugiu do aposento curvada, tentando escapar da insistência destruidora daquela ordem mental. Sua sombra borrada vacilou por um instante na parede e desapareceu.

O homem alto voltou seus olhos de contorno branco para Ramarren e lhe falou telepaticamente em uma intensidade normal. *Quem é você?*

Ramarren respondeu da mesma forma: *Agad Ramarren.*

E nada mais. Nem sequer se curvou. As coisas tinham saído ainda piores do que ele imaginara a princípio. Quem eram aquelas pessoas? No confronto que acabara de testemunhar, havia apenas insanidade, crueldade e terror, e nada mais. Certamente nada que lhe inspirasse reverência ou confiança.

Mas o homem alto avançou um pouco, com um sorriso pesado e rígido no rosto, e falou em voz alta, com cortesia, na Língua dos Livros.

— Sou Pelleu Abundibot, e dou-lhe as boas-vindas à Terra, meu parente, filho do longo exílio, mensageiro da Colônia Perdida!

Ramarren, ao ouvir isso, fez uma breve reverência e permaneceu em silêncio por um instante. Por fim, disse:

— Parece que estou na Terra há algum tempo, que fiz daquela mulher uma inimiga e que adquiri certas cicatrizes. Poderia me dizer como isso aconteceu e como meus companheiros de tripulação pereceram? Me chame pessoalmente, se quiser: não falo galáctica tão bem quanto você.

— *Prech* Ramarren — disse o outro. Pelo visto, ele aprendera esse termo com Orry, como se fosse apenas um honorífico, sem entender o que constituía a relação de *prechnoye*. — Perdoe-me, antes de tudo, por falar em voz alta. Não é nosso costume usar a mentefala, exceto em casos de necessidade urgente ou para nos dirigirmos a inferiores. E perdoe também a intrusão daquela criatura, uma serva cuja loucura a levou a transgredir a Lei. Cuidaremos da mente dela. Ela não o incomodará novamente. Quanto às suas perguntas, todas serão respondidas. Em resumo, eis a história infeliz que agora, por fim, chega a um final feliz. Sua nave, *Alterra*, foi atacada ao entrar no espaço terrestre por nossos inimigos, rebeldes fora da Lei. Eles capturaram dois ou mais de vocês, retirando-os da *Alterra* em suas pequenas naves planetárias antes que nossa nave de patrulha chegasse. Quando ela chegou, eles destruíram a *Alterra* com todos os que ainda estavam a bordo e fugiram em suas pequenas naves. Conseguimos capturar a que levava Har Orry como prisioneiro, mas você foi levado para outro lugar, não sei com que propósito. Eles não o mataram, mas apagaram sua memória até um estágio pré-linguístico e depois o abandonaram em uma floresta selvagem para que morresse. Você sobreviveu e recebeu abrigo dos bárbaros da floresta; finalmente, nossos buscadores o encontraram, trouxeram-no para cá e, por meio de técnicas para-hipnóticas, conseguimos restaurar sua memória. Foi tudo o que pudemos fazer... pouco, de fato, mas tudo.

Ramarren ouviu atentamente. A história o abalou, e ele não fez esforço para esconder seus sentimentos; no entanto, sentiu também certa inquietação ou suspeita, que disfarçou. O homem alto lhe falara brevemente por telepatia, criando assim um grau de sintonia entre eles. Depois disso, Abundibot interrompera completamente qualquer comunicação telepática e erguera uma barreira empática, porém imperfeita. Ramarren, altamente sensível e treinado, captava impressões empáticas vagas que destoavam tanto do que o homem dizia a ponto de sugerir demência... ou mentira. Ou talvez ele próprio estivesse tão desalinhado consigo mesmo, o que não seria de se estranhar após um processo de para-hipnose, que suas percepções empáticas simplesmente não eram confiáveis.

— Quanto tempo...? — perguntou por fim, erguendo os olhos por um instante para aquele olhar alienígena.

— Seis anos na contagem terrana, *prech* Ramarren.

O ano terrano tinha quase a duração de uma fase lunar.

— Tanto tempo — murmurou. Ele não conseguia assimilar aquilo. Seus amigos, seus companheiros de viagem estavam mortos há muito tempo, e ele estivera sozinho na Terra... — Seis anos?

— Você não se lembra de nada desses anos?

— Nada.

— Fomos obrigados a apagar qualquer resquício de memória que você pudesse ter desse tempo para restaurar sua verdadeira memória e personalidade. Lamentamos profundamente essa perda de seis anos da sua vida. Mas não seriam lembranças sãs ou agradáveis. Os brutos fora da Lei fizeram de você uma criatura mais bestial do que eles mesmos. Estou feliz por você não se lembrar disso, *prech* Ramarren.

Não apenas feliz, mas exultante. Esse homem devia ter pouquíssima habilidade ou treinamento empático, ou teria erguido uma barreira melhor; já sua barreira telepática era impecável. Cada vez mais distraído por esses sobretons mentais que insinuavam falsidade ou falta de clareza no que Abundibot dizia, e pela contínua falta de coerência em sua própria mente, até mesmo em suas reações físicas, que permaneciam lentas e incertas, Ramarren teve que se esforçar para conseguir dar qualquer resposta. Memórias... Como seis anos poderiam ter se passado sem que ele se lembrasse de um único instante? Mas cento e quarenta anos haviam se passado enquanto sua nave, à velocidade da luz, ia de Werel até a Terra, e disso ele se lembrava apenas como um instante, de fato, um instante terrível e eterno... O que aquela louca lhe dissera, gritando-lhe um nome com rancor louco e doloroso?

— Como fui chamado nesses seis anos?

— Chamado? Entre os nativos, você quer dizer, *prech* Ramarren? Não sei que nome lhe deram, se é que se deram ao trabalho de lhe dar algum...

Falk. Ela o chamara de Falk.

— Companheiro — disse abruptamente, traduzindo para galáctica a forma de tratamento em kelshak. — Aprenderei mais sobre você depois, se permitir. O que me contou me perturba. Quero ficar sozinho com isso por um tempo.

— Certamente, certamente, *prech* Ramarren. Seu jovem amigo Orry está ansioso para vê-lo. Devo chamá-lo?

Mas Ramarren, tendo feito seu pedido e ouvido sua aceitação, já havia, ao modo de alguém do seu Nível, desconsiderado a presença do outro, silenciando-o mentalmente. Tudo o que ele dissesse a partir dali tornava-se mero ruído.

— Nós também temos muito a aprender sobre você e estamos ansiosos por isso, assim que se sentir totalmente recuperado.

Silêncio.

Depois, de novo, o ruído:

— Nossos servos estão prontos para atendê-lo. Caso deseje alimento ou companhia, basta ir até a porta e falar.

Outro silêncio, e por fim a presença inconveniente se retirou.

Ramarren não perdeu tempo com especulações sobre isso. Estava ocupado demais consigo mesmo para se preocupar com aqueles anfitriões tão estranhos. O turbilhão em sua mente crescia rapidamente, chegando a algum tipo de crise. Sentia-se como se estivesse sendo arrastado para encarar algo que não suportaria enfrentar e, ao mesmo tempo, ansiava por encarar, por encontrar. Os dias mais duros de seu treinamento no Sétimo Nível tinham sido apenas uma pálida sugestão dessa desintegração de suas emoções e identidade, pois aquilo fora uma psicose induzida, cuidadosamente controlada, enquanto isto de agora não estava sob seu controle. Ou será que estava? Estaria ele mesmo se conduzindo a isso, obrigando-se ao confronto? Mas quem era esse "ele" que obrigava e era obrigado? Ele havia sido morto. E trazido de volta à vida. O que era, então, a morte, essa morte da qual ele não conseguia se lembrar?

Para escapar do pânico absoluto que crescia dentro dele, procurou qualquer objeto em que pudesse fixar o olhar, recorrendo instintivamente à disciplina do transe inicial, a técnica de Resultado de se concentrar em algo concreto para reconstruir o mundo a partir disso. Entretanto, tudo ao seu redor era estranho, ilusório, desconhecido; até o chão sob seus pés era uma lâmina opaca de névoa. Havia o livro para o qual estava olhando quando a mulher entrou, chamando-o por aquele nome que ele se recusava a lembrar. Ele não lembraria dele. O livro: ele o segurara nas mãos, era real, estava ali. Pegou-o com todo o cuidado e fitou a página em que o abrira. Colunas de padrões belíssimos e sem sentido, linhas de uma escrita meio compreensível, diferente das letras que aprendera há tanto tempo no Primeiro Analecto, desviantes, confusas. Ele as encarou, mas não conseguiu lê-las, e então uma palavra surgiu delas, uma palavra cujo significado ele desconhecia, a primeira palavra:

O Caminho...

Olhou do livro para a própria mão que o segurava. De quem era aquela mão, escurecida e marcada sob um sol alienígena? De quem?

O Caminho que pode ser percorrido
não é o Caminho eterno.
O nome...

Ele não conseguia lembrar o nome; não o leria. Em um sonho, ele já havia lido essas palavras antes, em um sono profundo, uma morte, um delírio.

O nome que pode ser nomeado
não é o Nome eterno.

E, com isso, o sonho o esmagou, como uma onda se elevando, crescendo e arrebentando.

Ele era Falk, e ele era Ramarren. Era o tolo e o sábio: um homem, nascido duas vezes.

■

Naquelas primeiras horas de medo, ele implorou e orou para ser libertado, ora de um eu, ora de outro. Certa vez, quando gritou em angústia na sua língua nativa, não entendeu as palavras que havia dito, e isso foi tão terrível que, em sofrimento abjeto, ele chorou; foi Falk quem não entendeu, mas foi Ramarren quem chorou.

Naquele mesmo momento de sofrimento, ele tocou pela primeira vez, por um breve momento, o bastão de equilíbrio, o centro, e, por um instante, foi *ele mesmo*: então se perdeu novamente, mas com força suficiente apenas para esperar pelo próximo momento de harmonia. Harmonia: quando era Ramarren, ele se agarrava a essa ideia e disciplina, e talvez tenha sido seu domínio dessa doutrina kelshak central que o impediu de cair completamente na loucura. Mas ainda não havia integração ou equilíbrio entre as duas mentes e personalidades que dividiam seu crânio; ele tinha de oscilar entre elas, apagando uma em favor da outra, e então sendo imediatamente puxado de volta para o outro lado. Ele mal conseguia se mover, atormentado pela alucinação de ter dois corpos, de ser fisicamente dois homens diferentes. Não ousava dormir, embora estivesse exausto: temia demais o despertar.

Era noite, e ele foi deixado sozinho. *Sozinho com meus eus*, comentou Falk. Falk foi o mais forte no início, pois teve algum preparo para esse tormento. Foi Falk quem iniciou o primeiro diálogo: *Eu preciso dormir, Ramarren*, disse ele, e Ramarren recebeu essas palavras como se fossem uma mensagem telepática e, sem premeditação, respondeu à altura: *Tenho medo de dormir*. Então, ficou em vigília por um tempo, e conheceu os sonhos de Falk como sombras e ecos em sua mente.

Ele superou esse primeiro, pior momento e, quando a manhã brilhou debilmente através das paredes verdes de seu quarto, ele já havia perdido o medo e começava a ter um controle real sobre seus pensamentos e ações.

Não havia, é claro, qualquer sobreposição real entre seus dois conjuntos de memórias. Falk havia ganhado consciência nos vastos campos de neurônios que, em um cérebro altamente inteligente, permanecem inativos — os campos de pousio da mente de Ramarren. Os caminhos motores e sensoriais básicos nunca haviam sido bloqueados e, portanto, de certa forma, estavam compartilhados o tempo todo, embora dificuldades surgissem devido à duplicação dos conjuntos de hábitos motores e modos de percepção. Um objeto parecia diferente para ele, dependendo de como o olhasse, como Falk ou como Ramarren, e embora no longo prazo essa duplicação pudesse funcionar como um aumento de sua inteligência e poder perceptivo, no momento era confuso ao ponto de causar vertigem. Havia uma considerável sobreposição emocional, de modo que seus sentimentos sobre certos assuntos entravam literalmente em conflito. E, já que as memórias de Falk cobriam sua "vida inteira", assim como as de Ramarren, as duas séries tendiam a se manifestar simultaneamente em vez de na sequência correta. Era difícil para Ramarren aceitar o intervalo de tempo durante o qual ele não existira conscientemente. Dez dias atrás, onde ele estava? Estava montado em um burro entre as montanhas nevadas da Terra; Falk sabia disso; mas Ramarren sabia que estava se despedindo de sua esposa em uma casa nas altas planícies verdes de Werel… Além disso, o que Ramarren supunha sobre a Terra frequentemente era contradito pelo que Falk sabia, enquanto a ignorância de Falk sobre Werel lançava um estranho véu de lenda sobre o próprio passado de Ramarren. Ainda assim, mesmo em sua perplexidade, havia o germe da interação, da coerência pela qual ele lutava. Pois o fato permanecia: ele era, física e cronologicamente, um homem: seu problema não era realmente criar uma unidade, mas compreendê-la.

A coerência estava longe de ser alcançada. Um ou outro dos dois conjuntos de memórias ainda precisava dominar, se ele quisesse pensar e agir com competência. Mais frequentemente, agora, era Ramarren quem assumia o comando, pois o Navegador da *Alterra* era uma pessoa decidida e poderosa. Falk, em comparação, sentia-se infantil, hesitante; ele podia oferecer o conhecimento que tinha, mas confiava na força e experiência de Ramarren. Ambos eram necessários, pois o homem de duas mentes estava em uma situação bem obscura e arriscada.

Uma questão era fundamental para todas as outras. Basicamente, era esta: se os shing eram confiáveis ou não. Pois, se Falk tivesse sido apenas incutido com um medo infundado dos Senhores da Terra, então os riscos e as obscuridades em si se provariam infundados. No começo, Ramarren pensou que este poderia ser o caso; mas ele não pensou assim por muito tempo.

Havia mentiras e discrepâncias que sua memória dupla já havia captado. Abundibot se recusara a usar a mentefala com Ramarren, dizendo que os shing evitavam a comunicação paraverbal: Falk sabia que era mentira. Por que Abundibot teria dito isso? Evidentemente, porque ele queria contar uma mentira — a história dos shing sobre o que acontecera com a *Alterra* e sua tripulação — e não podia ou não ousava contá-la a Ramarren por mentefala.

Mas ele havia contado a Falk uma história muito parecida, por mentefala.

Se era uma história falsa, então os shing podiam mentir por telepatia, e mentiam. Seria falsa?

Ramarren chamou a memória de Falk. No começo, aquele esforço de combinação estava fora de seu alcance, mas se tornou mais fácil conforme ele pelejava, andando de um lado para o outro no quarto silencioso, até que, de repente, ficou claro; ele pôde recordar o brilhante silêncio das palavras de Abundibot: "Nós, a quem você conhece como shing, somos homens...". E, ao ouvir isso até mesmo como lembrança, Ramarren soube que era uma mentira. Era inacreditável, e ao mesmo tempo inquestionável. Os shing podiam mentir telepaticamente — aquela suposição e receio da humanidade subjugada estava correta. Os shing eram, de fato, o Inimigo.

Eles não eram homens, mas alienígenas, dotados de um poder alienígena; e, sem dúvida, haviam desmontado a Liga e tomado o controle da Terra através desse poder. E foram eles que atacaram a *Alterra* quando ela entrou no espaço da Terra; toda aquela conversa de rebeldes era pura ficção. Eles haviam matado ou destruído o cérebro de toda a tripulação, exceto da criança Orry. Ramarren podia imaginar o motivo: porque haviam descoberto, testando ele ou algum dos outros paraverbalistas altamente treinados da tripulação, que um wereliano sabia quando eles estavam mentindo com a mente. Isso havia assustado os shing, e eles eliminaram os adultos, poupando apenas a criança inofensiva como um informante.

Para Ramarren, parecia que seus companheiros de Viagem haviam perecido apenas ontem e, lutando contra o impacto daquela perda, ele tentava pensar que, assim como ele, talvez eles pudessem ter sobrevivido em algum lugar na Terra. Mas se tivessem sobrevivido — e ele havia sido muito sortudo —, onde estariam agora? Os shing haviam enfrentado dificuldades até para localizar um só, ao que parecia, quando perceberam que precisavam dele.

Para que precisavam dele? Por que o haviam procurado, por que o haviam trazido até ali, restaurado a memória que haviam destruído?

Nenhuma explicação poderia ser obtida a partir dos fatos que ele tinha à sua disposição, exceto aquela a que ele já havia chegado como Falk: os shing precisavam dele para saber de onde ele vinha.

Isso deu a Falk-Ramarren sua primeira dose de diversão. Se fosse realmente tão simples, seria engraçado. Eles haviam poupado Orry porque ele era jovem; inexperiente, inacabado, vulnerável, maleável, um instrumento e informante perfeito. Ele certamente havia sido tudo isso. Mas não sabia de onde vinha... E, quando os shing descobriram isso, já tinham apagado a informação que queriam das mentes que a possuíam, e espalhado suas vítimas pela Terra selvagem e arruinada para morrerem por acidente, fome, ou ataque de animais selvagens ou homens.

Ele podia presumir que Ken Kenyek, enquanto manipulava sua mente através do psicocomputador ontem, tentara fazê-lo revelar o nome galáctica do sol de Werel. E podia presumir que, se o tivesse revelado, agora estaria morto ou irracional. Eles não queriam *ele*, Ramarren; queriam apenas seu conhecimento. E não o haviam conseguido.

Isso, por si só, já deveria preocupá-los, e com razão. O código de segredo kelshak em relação aos Livros da Colônia Perdida havia evoluído junto com toda uma técnica de guarda mental. Essa mística de segredo — ou, mais precisamente, de contenção — havia se desenvolvido durante longos anos a partir do controle rigoroso do conhecimento técnico e científico exercido pelos Colonos originais, ele mesmo uma extensão da Lei do Embargo Cultural da Liga, que proibia a importação cultural para planetas coloniais. Todo o conceito de contenção era fundamental na cultura wereliana a essa altura, e a estratificação da sociedade wereliana era orientada pela convicção de que o conhecimento e a técnica deveriam permanecer sob controle inteligente. Detalhes como o Verdadeiro Nome do Sol eram formais e simbólicos, mas o formalismo era levado a sério — com seriedade absoluta, pois, em Kelshy, conhecimento era religião, religião era conhecimento. Para proteger os lugares sagrados intangíveis na mente dos homens, foram criadas defesas intangíveis e invulneráveis. A menos que estivesse em um dos Lugares de Silêncio e fosse abordado da forma certa por um associado de seu próprio Nível, Ramarren era absolutamente incapaz de comunicar, fosse por palavras, escrita ou mente, o Verdadeiro Nome do sol de seu mundo.

Ele possuía, é claro, conhecimento equivalente: o complexo de fatos astronômicos que lhe havia permitido traçar as coordenadas da *Alterra* de Werel para a Terra; seu conhecimento da exata distância entre os dois sóis dos planetas; sua memória clara de astrônomo, das estrelas vistas de Werel. Eles ainda não haviam obtido essas informações dele, provavelmente porque sua mente estava em um estado caótico demais quando foi restaurada pelas manipulações de Ken Kenyek, ou porque, mesmo então, suas guardas mentais fortalecidas por para-hipnose e barreiras específicas estavam funcionando. Sabendo que ainda poderia haver um Inimigo na Terra, os tripulantes da *Alterra* não haviam partido despreparados. A menos que a ciência mental dos shing fosse muito mais forte do que a wereliana, agora eles não seriam capazes de forçá-lo a dizer nada. Eles esperavam induzi-lo, persuadi-lo. Logo, por enquanto, ele estava pelo menos fisicamente seguro.

...Desde que não descobrissem que ele se lembrava de sua existência como Falk.

A ideia o percorreu como um calafrio. Não havia pensado nisso antes. Como Falk, ele havia sido inútil para eles, mas inofensivo. Como Ramarren, ele era útil para eles, e inofensivo. Como Falk-Ramarren, entretanto, ele era uma ameaça. E eles não toleravam ameaças: não podiam se dar a esse luxo.

E ali estava a resposta à última pergunta: por que eles queriam tanto saber onde ficava Werel? Qual era a importância de Werel para eles?

Novamente, a memória de Falk falou à inteligência de Ramarren, desta vez lembrando uma voz calma, despreocupada, irônica. O velho Ouvinte na floresta profunda falou, o velho homem mais solitário na Terra, mais até do que Falk havia sido: *Não há muitos shing...*

Ele chamara isso de uma ótima notícia, sabedoria e conselho; e devia ser a mais pura verdade. As antigas histórias que Falk aprendera na Casa de Zove diziam que os shing eram alienígenas de uma região muito distante da galáxia, além das Híades, uma questão de talvez milhares de anos-luz. Se isso fosse verdade, provavelmente não havia um número imenso deles que tivesse atravessado uma distância tão vasta do espaço-tempo. Houve o suficiente para se infiltrar na Liga e destruí-la, dadas suas habilidades de mentir com a mente e outras habilidades ou armas que possuíssem na época ou ainda hoje; mas haveria o suficiente deles para governar todos os mundos que tinham dividido e conquistado? Os planetas eram lugares muito grandes, em qualquer escala, exceto na do espaço entre eles. Os shing provavelmente tiveram que se espalhar bastante e tomar muito cuidado para evitar que os planetas subjugados se aliassem outra vez e se unissem para se rebelar. Orry havia contado a Falk que os shing não pareciam viajar ou negociar muito usando a velocidade da luz; ele nunca tinha visto uma nave deles com velocidade da luz. Seria isso porque temiam seus próprios parentes em outros mundos, tendo se distanciado deles ao longo dos séculos de seu domínio? Ou seria possível que a Terra fosse o único planeta que ainda dominavam, defendendo-o de todas as explorações de outros mundos? Impossível dizer; mas parecia provável que na Terra não houvesse, de fato, muitos deles.

Eles haviam se recusado a acreditar na história de Orry sobre como os terranos de Werel haviam sofrido mutações para se adaptar à norma biológica local e, assim, finalmente se misturado geneticamente com os hominídeos nativos. Disseram que isso era impossível, o que significava que isso não acontecera com eles; que eles eram incapazes de se reproduzir com terranos. Ainda eram alienígenas, então, após mil e duzentos anos; ainda isolados na Terra. E será que realmente governavam a humanidade a partir desta única Cidade? Mais uma vez, Ramarren voltou-se para Falk em busca da resposta, e viu que era um *Não*. Eles controlavam os homens por meio de hábito, artifício, medo e armas, agindo depressa para impedir o surgimento de qualquer tribo forte ou o acúmulo de conhecimentos que pudesse ameaçá-los. Impediam os homens de fazerem qualquer coisa. Mas eles próprios não faziam nada. Eles não governavam, apenas arruinavam.

Ficou claro, então, por que Werel representava uma ameaça mortal para eles. Até agora, haviam mantido seu tênue e destrutivo domínio sobre a cultura que destruíram e redirecionaram tanto tempo atrás; mas uma raça forte, numerosa e tecnologicamente avançada, com um mito de parentesco sanguíneo com os terranos e uma ciência mental e armamentos iguais aos deles, poderia esmagá-los de um só golpe. E libertar os homens dos shing.

Se eles descobrissem por meio dele onde ficava Werel, será que enviariam uma nave-bomba de velocidade de luz, como um longo pavio queimando através dos anos-luz, para destruir esse mundo perigoso antes que Werel soubesse da existência deles?

Parecia muito possível. No entanto, duas coisas iam contra essa hipótese: sua cuidadosa preparação do jovem Orry, como se quisessem que ele agisse como mensageiro; e sua singular Lei.

Falk-Ramarren não conseguia decidir se aquela regra de Reverência pela Vida era a única crença genuína dos shing, sua única tábua sobre o abismo da autodestruição que fundamentava seus comportamentos à medida que o grande desfiladeiro sombrio se abria sob sua cidade, ou se, em vez disso, era simplesmente a maior mentira de todas as suas mentiras. Eles, de fato, pareciam evitar matar seres sencientes. Haviam-no deixado vivo, e talvez aos outros; seus alimentos disfarçados de maneira elaborada eram todos vegetais; para controlar populações, era evidente que faziam uma tribo lutar contra a outra, começando a guerra, mas deixando os humanos cometerem a matança; e as histórias diziam que, nos primeiros dias de seu domínio, eles tinham usado a eugenia e o reassentamento para consolidar seu império, em vez de genocídio. Portanto, poderia ser verdade que eles seguiam sua Lei, à sua maneira.

Nesse caso, o treinamento do jovem Orry indicava que ele seria seu mensageiro. Único sobrevivente da Viagem, deveria voltar através dos abismos do tempo e espaço até Werel e contar para eles tudo o que os shing lhe haviam dito sobre a Terra — quá, quá, como os pássaros que grasnavam *"É errado tirar uma vida"*, o javali moralista, os ratos chiando nas fundações da casa do Homem... Sem sua mente, honesto, desastroso, Orry levaria a Mentira para Werel.

A honra e a memória da Colônia eram forças poderosas em Werel, e um pedido de ajuda da Terra poderia trazer ajuda deles; mas se ouvissem que não existia e nunca tinha existido um Inimigo, que a Terra era um jardim antigo e feliz, seria improvável que fizessem aquela longa jornada apenas para visitá-la. E se o fizessem, chegariam desarmados, como Ramarren e seus companheiros haviam chegado.

Outra voz falou em sua memória, de ainda mais longe, de mais fundo na floresta: *Não podemos continuar assim para sempre. Tem que haver uma esperança, um sinal...*

Ele não havia sido enviado com uma mensagem para a humanidade, como Zove sonhara. A esperança era ainda mais estranha do que isso, o sinal mais obscuro. Ele deveria levar a mensagem da humanidade, proferir seu pedido de ajuda, de libertação.

Eu preciso voltar para casa; preciso contar a verdade a eles, pensou, sabendo que os shing fariam de tudo para impedir isso, que Orry seria enviado e ele seria mantido ali ou morto.

Na exaustão de seu longo esforço para pensar com coerência, sua vontade cedeu de repente, seu controle instável sobre sua mente dupla e angustiada se rompeu. Ele caiu exausto no sofá e apoiou a cabeça nas mãos. *Se eu pudesse apenas voltar para casa*, pensou; *se eu pudesse caminhar mais uma vez com Parth nos Campos Longos...*

Era seu eu onírico lamentando, o sonhador Falk. Ramarren tentou escapar daquele anseio desesperado pensando em sua esposa, de cabelos escuros, olhos dourados, usando um vestido costurado com mil pequenas correntes de prata, sua esposa Adrise. Mas seu anel de casamento havia sumido. E Adrise estava morta. Ela estava morta há muito, muito tempo. Ela se casara com Ramarren sabendo que teriam pouco mais que uma fase lunar juntos, pois ele partiria na Viagem até a Terra. E durante aquele único e terrível momento de sua Viagem, ela vivera sua vida, envelhecera, morrera; estava morta há cem anos da Terra, talvez. Através dos anos entre as estrelas, agora, quem era o sonhador, quem era o sonho?

Já deveria ter morrido há um século, o Príncipe do Kansas dissera a Falk, que não compreendeu, vendo ou percebendo ou sabendo do homem perdido dentro dele, o homem nascido há tanto tempo. E agora, se Ramarren voltasse para Werel, seria ainda mais longe em seu próprio futuro. Quase três séculos, quase cinco dos grandes Anos de Werel teriam se passado desde que ele partira; tudo teria mudado; ele seria tão estranho em Werel quanto havia sido na Terra.

Havia apenas um lugar para o qual ele poderia verdadeiramente voltar para casa, para o acolhimento daqueles que o amaram: a Casa de Zove. E ele nunca mais a veria. Se seu caminho o levasse a algum lugar, seria para fora, para longe da Terra. Ele estava sozinho, e tinha apenas um trabalho a fazer: tentar seguir esse caminho até o fim.

X

Era de dia, e ao perceber que estava com muita fome, Ramarren foi até a porta oculta e pediu em voz alta, em galáctica, por comida. Não houve resposta, mas logo um homem-instrumento trouxe e serviu-lhe a refeição; e, enquanto ele a terminava, um pequeno sinal soou do lado de fora da porta.

— Entre! — disse Ramarren em kelshak.

Har Orry entrou, seguido por Abundibot, o shing alto, e por dois outros que Ramarren nunca tinha visto antes. Ainda assim, os nomes estavam em sua mente: Ken Kenyek e Kradgy. Eles foram apresentados a ele; trocaram-se formalidades.

Ramarren descobriu que conseguia se virar bem; a necessidade de manter Falk completamente oculto e suprimido era, na verdade, uma conveniência, pois o libertava para agir com espontaneidade. Ele percebeu que Ken Kenyek, o mentalista, tentava sondar sua mente com bastante habilidade e força, mas isso não o preocupou. Se suas barreiras tinham resistido até mesmo sob o capuz da para-hipnose, certamente não falhariam agora.

Nenhum dos shing o chamou pessoalmente. Permaneceram de pé naquela postura rígida e estranha, como se tivessem medo de ser tocados, e sussurravam tudo o que diziam. Ramarren conseguiu fazer algumas perguntas que, como Ramarren, se esperaria que fizesse sobre a Terra, a humanidade e os shing, e ouviu as respostas com seriedade. Uma vez, tentou se conectar com o jovem Orry, mas falhou. O rapaz não tinha uma barreira mental real, mas talvez tivesse sido submetido a algum tratamento que anulava a pouca habilidade de conexão que aprendera na infância, além de estar sob a influência da droga à qual fora habituado. Assim que Ramarren lhe enviou o sutil e familiar sinal de seu vínculo em *prechnoye*, Orry começou a sugar um tubo de *pariitha*. Perdido no mundo vívido e distrativo da semialucinação que a substância lhe proporcionava, seus sentidos estavam embotados, e ele não recebeu nada.

— Você não viu nada da Terra além deste único quarto — sussurrou Kradgy, que se vestia como uma mulher.

Ramarren estava receoso com todos eles, mas Kradgy despertava nele um medo ou aversão instintivos; havia um toque de pesadelo na figura corpulenta sob as vestes esvoaçantes, no longo cabelo preto-arroxeado, no sussurro áspero e preciso.

— Gostaria de ver mais.

— Mostraremos tudo o que desejar ver. A Terra está aberta ao seu ilustre visitante.

— Não me recordo de ter visto a Terra da *Alterra* quando entramos em órbita — disse Ramarren em um galáctica rígido, com sotaque wereliano. — Nem me lembro do ataque à nave. Poderiam me dizer por que isso acontece?

A pergunta podia ser arriscada, mas ele estava genuinamente curioso pela resposta; era a única lacuna que ainda restava em sua memória dupla.

— Você estava na condição que chamamos de *acronia* — respondeu Ken Kenyek. — Saiu da velocidade da luz de uma só vez ao atingir a Barreira, já que sua nave não possuía um retemporalizador. Naquele momento, e por alguns minutos ou horas depois, você ficou ou inconsciente ou insano.

— Não havíamos enfrentado esse problema em nossas curtas viagens à velocidade da luz.

— Quanto mais longa a viagem, mais forte a Barreira.

— Foi um feito grandioso — disse Abundibot em seu sussurro áspero e com sua habitual pompa. — Uma jornada de cento e vinte e cinco anos-luz em uma nave que mal tinha sido testada!

Ramarren aceitou o elogio sem corrigir o número.

— Venham, meus Senhores, mostremos ao nosso hóspede a Cidade da Terra.

Simultaneamente às palavras de Abundibot, Ramarren captou uma troca telepática entre Kradgy e Ken Kenyek, mas não conseguiu entender seu sentido; estava tão concentrado em manter sua própria defesa que não conseguia ouvir mentes nem captar impressões empáticas com clareza.

— A nave com que retornará a Werel — disse Ken Kenyek — será, é claro, equipada com um retemporalizador, e você não sofrerá nenhum distúrbio ao reentrar no espaço planetário.

Ramarren se levantou um tanto desajeitadamente — Falk estava acostumado com cadeiras, mas Ramarren não, e sentia-se desconfortável empoleirado no ar, mas permaneceu imóvel e, após um momento, perguntou:

— A nave em que *nós* retornaremos...?

Orry ergueu os olhos com uma esperança turva. Kradgy bocejou, revelando dentes amarelos e fortes.

— Quando você tiver visto tudo o que deseja ver da Terra e aprendido tudo o que deseja aprender — disse Abundibot —, teremos uma nave com velocidade da luz pronta para que voltem a Werel: você, lorde Agad, e Har Orry. Nós mesmos viajamos pouco. Não há mais guerras; não precisamos comerciar com outros mundos; e não queremos levar a pobre Terra à falência de novo com o imenso custo das naves com velocidade da luz apenas para saciar nossa curiosidade. Nós, Homens da Terra, somos agora uma raça antiga; ficamos em casa, cuidamos de nosso jardim e não nos metemos nem exploramos além. Mas sua Viagem deve ser concluída, sua missão cumprida. A *Nova Alterra* o aguarda em nosso porto espacial, e Werel aguarda seu retorno. É mesmo uma pena que sua civilização ainda não tivesse redescoberto o princípio do ansível, para que pudéssemos nos comunicar com eles agora. A esta altura, é claro, podem já ter o transmissor instantâneo; mas não podemos enviar sinais para eles, pois não temos as coordenadas.

— De fato — disse Ramarren educadamente.

Houve uma breve pausa tensa.

— Não sei se entendi — acrescentou.

— O ansível...

— Entendo o que o transmissor ansível fazia, embora não como o fazia. Como disse, senhor, não havíamos redescoberto os princípios da transmissão instantânea quando deixei Werel. Mas não compreendo o que os impediu de tentar sinalizar para Werel.

Terreno perigoso. Agora ele estava totalmente alerta, no controle, um jogador na partida, e não uma peça a ser movida, e sentia a tensão elétrica por trás dos três rostos rígidos.

— *Prech* Ramarren — disse Abundibot —, como Har Orry era jovem demais para ter aprendido as distâncias exatas envolvidas, nunca tivemos a honra de saber exatamente onde fica Werel, embora, é claro, tenhamos uma ideia geral. Como ele havia aprendido muito pouco de galáctica, não pôde nos dizer o nome galáctica do sol de Werel, que naturalmente seria significativo para nós que compartilhamos essa língua como herança dos tempos da Liga. Portanto, fomos forçados a esperar por sua ajuda antes de tentar o contato por ansível com Werel ou preparar as coordenadas da nave que já temos pronta para vocês.

— Vocês não sabem o nome da estrela que Werel orbita?

— Infelizmente, esse é o caso. Se puder nos dizer...

— Não posso lhes dizer.

Os shing não demonstraram surpresa; eram egoístas demais, egocêntricos demais. Abundibot e Ken Kenyek não registraram reação alguma.

— Quer dizer que *você* também não sabe? — perguntou Kradgy em seu estranho e monótono sussurro.

— Eu não posso lhes dizer o Verdadeiro Nome do Sol — respondeu Ramarren serenamente.

Dessa vez, ele captou o lampejo de uma comunicação mental de Ken Kenyek para Abundibot: *Eu te avisei.*

— Peço desculpas, *prech* Ramarren, por minha ignorância ao perguntar sobre um assunto proibido. Poderia me perdoar? Não conhecemos seus costumes e, embora a ignorância seja uma desculpa fraca, é a única que posso apresentar. — Abundibot ainda continuava sua ladainha quando, de súbito, o menino Orry o interrompeu, acordando com o susto:

— *Prech* Ramarren, você... você será capaz de configurar as coordenadas da nave? Você se lembra do que... do que sabia como Navegador?

— Você quer voltar para casa, *vesprechna*? — perguntou Ramarren calmamente, voltando-se para ele.

— Sim!

— Em vinte ou trinta dias, se for do agrado destes Senhores que nos oferecem tão grande presente, retornaremos em sua nave para Werel. — Ele se voltou para os shing. — Lamento muito que minha boca e minha mente estejam fechadas para sua pergunta. Meu silêncio é uma retribuição inadequada para sua generosa franqueza.

Se estivessem usando a mentefala, pensou, a troca teria sido muito menos educada; pois ele, ao contrário dos shing, não era capaz de mentir com a mente e, portanto, provavelmente não teria conseguido dizer uma palavra sequer de seu último discurso.

— Não importa, lorde Agad! O que importa é seu retorno seguro, não nossas perguntas! Desde que possa programar a nave, e todos os nossos registros e computadores de navegação estarão à sua disposição quando precisar, a questão está praticamente respondida.

E, de fato, estava, pois, se quisessem saber onde ficava Werel, só precisariam examinar o curso que ele programasse na nave. Depois disso, se ainda desconfiassem dele, poderiam apagar novamente sua mente, explicando a Orry que a restauração de sua memória o havia levado, enfim, ao colapso. Então, enviariam Orry para entregar sua mensagem a Werel. Ainda desconfiavam dele, porque sabiam que conseguia detectar suas mentiras mentais. Se existia alguma saída daquela armadilha, ele ainda não a encontrara.

Foram todos juntos pelos corredores enevoados, descendo rampas e elevadores, saindo do palácio para a luz do dia. O elemento Falk da mente dupla estava agora reprimido quase por completo, e Ramarren se movia, pensava e falava livremente como Ramarren. Ele sentia a prontidão constante e aguda das mentes dos shing, especialmente a de Ken Kenyek, esperando para penetrar a menor falha ou captar o menor deslize. Essa mesma pressão o mantinha em alerta redobrado. Assim, foi como Ramarren, o alienígena, que ele ergueu o olhar para o céu da manhã tardia e viu o sol amarelo da Terra.

Parou, tomado por uma alegria repentina. Pois era um acontecimento, não importava o que ocorrera antes ou o que pudesse ocorrer depois, era um acontecimento ter visto, em uma mesma vida, a luz de dois sóis. O ouro alaranjado do sol de Werel, o ouro branco do sol da Terra: agora ele podia segurá-los lado a lado, como um homem segura duas pedras preciosas, comparando sua beleza para melhor exaltá-las.

O garoto estava de pé ao seu lado; e Ramarren murmurou em voz alta a saudação que se ensinava a bebês e crianças kelshak a dizer para o sol quando visto pela manhã ou após as longas tempestades de inverno:

— Bem-vinda estrela da vida, o centro do ano...

Orry recitou junto com ele a partir da metade. Foi a primeira vez que houve harmonia entre eles, e Ramarren ficou agradecido, pois precisaria de Orry antes deste jogo acabar.

Um deslizador foi chamado, e eles partiram para explorar a cidade, com Ramarren fazendo perguntas apropriadas e os shing respondendo como achavam melhor. Abundibot descreveu, com sua habitual grandiloquência, como toda Es Toch, suas torres, pontes, ruas e palácios, havia sido construída da noite para o dia, mil anos atrás, em uma ilha fluvial do outro lado do planeta e como, de um século para o outro, sempre que desejavam, os Senhores da Terra convocavam suas máquinas e instrumentos prodigiosos para mover toda a cidade para um novo local que lhes agradasse. Era uma bela história; e Orry, entorpecido pelas drogas e pelas manipulações, não tinha discernimento para duvidar de nada. Se Ramarren acreditava ou não, pouco importava. Abundibot evidentemente mentia pelo mero prazer de mentir. Talvez fosse o único prazer que conhecia. Houve também descrições elaboradas sobre o governo da Terra, como a maioria dos shing passava a vida em meio aos homens comuns, disfarçados como meros "nativos", mas trabalhando para o grande plano que emanava de Es Toch; como a humanidade vivia despreocupada e satisfeita, sabendo que os shing manteriam a paz e carregariam os fardos; como as artes e o conhecimento eram gentilmente incentivados, e os elementos rebeldes e destrutivos, reprimidos com a mesma gentileza. Um planeta de gente simples, em suas cabaninhas humildes e tribos e vilarejos pacíficos; sem guerras, sem mortes, sem superlotação; as antigas conquistas e ambições esquecidas; quase uma raça de crianças, protegidas pela orientação firme e gentil e pela força tecnológica invulnerável da casta dos shing...

A história seguia e seguia, sempre a mesma com pequenas variações, suave e tranquilizadora. Não era de se admirar que o pobre órfão Orry acreditasse nela; o próprio Ramarren teria acreditado em boa parte, não fosse pelas memórias de Falk, que lhe mostravam a falsidade sutil, mas total, daquela narrativa. Pois Falk não vivera entre crianças na Terra, mas sim entre homens brutalizados, sofredores, apaixonados.

Naquele dia, mostraram a Ramarren toda Es Toch. Para alguém como ele, que vivera entre as ruas antigas de Wegest e nas imponentes Casas de Inverno de Kaspool, a cidade parecia uma farsa, vazia e artificial, impressionante apenas por sua paisagem natural fantástica. Depois disso, começaram a levá-lo, junto com Orry, em viagens pelo mundo a bordo de aerocarros e naves planetárias, excursões que duravam o dia inteiro sob a orientação de Abundibot ou Ken Kenyek, visitas a cada um dos continentes da Terra e até a desolada e há muito abandonada Lua. Os dias se passavam e eles continuavam encenando a peça para Orry, cortejando Ramarren até obterem dele o que queriam saber. Embora fosse vigiado o tempo todo, fosse direta ou eletronicamente, fosse por telepatia ou visualmente, ele nunca era reprimido; evidentemente, achavam que não tinham mais nada a temer dele.

Talvez o deixassem voltar para casa com Orry, então. Talvez o considerassem inofensivo o bastante, em sua ignorância, para permitirem que partisse da Terra com a mente reajustada intacta.

Mas ele só poderia comprar sua fuga ao preço da informação que os shing queriam: a localização de Werel. Até aquele momento, não lhes revelara nada, e eles tampouco haviam insistido.

No fim das contas, importava tanto assim que os shing soubessem onde ficava Werel?

Importava. Mesmo que não estivessem planejando um ataque imediato a esse inimigo em potencial, poderiam muito bem enviar uma sonda robótica atrás da *Nova Alterra*, equipada com um transmissor ansível para relatar instantaneamente qualquer preparação para um voo interestelar em Werel. O ansível lhes daria uma vantagem de cento e quarenta anos sobre os werelianos, tempo suficiente para impedir qualquer expedição à Terra antes mesmo de sua partida. A única vantagem tática de Werel sobre os shing era o fato de que eles não sabiam onde o planeta ficava e talvez precisassem de séculos para encontrá-lo. Ramarren só poderia comprar sua fuga ao custo de um perigo certo para o mundo pelo qual era responsável.

Então, fez o que pôde para ganhar tempo, procurando uma saída para seu dilema, enquanto voava com Orry e os shing por um mundo que se estendia sob eles como um imenso jardim tomado por ervas daninhas e selvas. Com toda sua inteligência treinada, buscava uma forma de inverter a situação e se tornar o controlador, em vez de o controlado, pois era assim que sua mentalidade kelshak enxergava o problema. Quando vista da maneira certa, qualquer situação, por mais caótica ou traiçoeira que fosse, se tornava clara e levava naturalmente ao desfecho adequado. No longo prazo, não existe desarmonia, apenas incompreensão; não existe acaso ou infortúnio, apenas o olhar ignorante.

Assim pensava Ramarren. E a segunda alma dentro dele, Falk, não discordava dessa visão, mas tampouco tentava acompanhar o raciocínio até o final. Pois Falk já vira as pedras foscas e brilhantes deslizando pela moldura de padrões do destino, e vivera entre homens em seu estado de declínio, reis exilados em seu próprio domínio, a Terra. E para ele, parecia que nenhum homem poderia moldar seu próprio destino ou controlar o jogo, apenas esperar que a pedra brilhante da sorte passasse pelo fio do tempo. A harmonia existe, mas não há como compreendê-la; o Caminho não pode ser trilhado. Assim, enquanto Ramarren exauria sua mente, Falk apenas se mantinha à espreita, esperando. E quando a oportunidade veio, ele a agarrou.

Ou melhor, como acabou acontecendo, foi ela que o agarrou.

Não havia nada de especial naquele momento. Estavam com Ken Kenyek em um ágil aerocarro com piloto automático, uma das belas e engenhosas máquinas que permitiam que os shing controlassem e patrulhassem o mundo com tanta eficiência. Retornavam para Es Toch após um longo voo sobre as ilhas do Oceano Ocidental, onde haviam feito uma parada de algumas horas em um assentamento humano. Os nativos daquele arquipélago eram pessoas bonitas e satisfeitas, completamente absortas pela navegação, pela natação e pelo sexo — boiando no mar azul como em um líquido amniótico. Exemplares perfeitos da felicidade e do primitivismo humano para exibir aos werelianos. Nada ali inspirava preocupação ou medo.

Orry cochilava segurando um tubo de *pariitha* entre os dedos. Ken Kenyek havia acionado o piloto automático e — a uma distância de três ou quatro passos, pois os shing nunca se aproximavam fisicamente de ninguém — olhava com Ramarren pela lateral de vidro do aerocarro, observando o círculo de oitocentos quilômetros de céu limpo e mar azul que os cercava. Ramarren estava cansado e permitiu-se relaxar um pouco naquele momento agradável de suspensão, flutuando em uma bolha de vidro no centro da vasta esfera azul e dourada.

— É um mundo belo — disse o shing.

— É.

— A joia de todos os mundos... Werel é bonito assim?

— Não. É mais severo.

— Sim, o ano longo deve torná-lo severo. Quanto tempo dura mesmo? Sessenta anos terrestres?

— Sim.

— Você disse que nasceu no outono. Isso significa que, quando partiu, nunca havia visto seu mundo no verão.

— Uma vez, quando voei até o Hemisfério Sul. Mas os verões de lá são mais frescos, assim como os invernos são mais amenos do que em Kelshy. Nunca vi o Grande Verão do norte.

— Talvez ainda veja. Se retornar dentro de alguns meses, qual será a estação em Werel?

Ramarren fez um cálculo rápido e respondeu:

— Final do verão. Talvez por volta da vigésima fase da lua do verão.

— Eu calculei que seria outono. Quanto tempo dura a viagem?

— Cento e quarenta e dois anos terrestres — disse Ramarren, e, ao dizer isso, uma leve onda de pânico atravessou sua mente e se dissipou. Ele percebeu a presença da mente do shing em sua própria mente; enquanto falava,

Ken Kenyek havia se aproximado mentalmente, encontrado suas defesas baixas e assumido o controle total de sua mente. Estava tudo bem. Isso demonstrava paciência e habilidade telepática incríveis da parte do shing. Ele havia temido isso, mas agora que acontecera, estava tudo perfeitamente bem.

Ken Kenyek agora o chamava pessoalmente, não no sussurro oral e rangente dos shing, mas em uma mentefala clara e confortável.

— Agora, está tudo bem, está certo, está bom. Não é agradável que finalmente estejamos sintonizados?

— Muito agradável — concordou Ramarren.

— Sim, de fato. Agora podemos permanecer sintonizados e todas as nossas preocupações se acabaram. Bem, então, cento e quarenta e dois anos-luz de distância, isso significa que seu sol deve ser o da constelação do Dragão. Qual é o nome dele em galáctica? Ah, é, isso mesmo, você não pode dizê-lo ou falar sobre ele aqui. Eltanin, é esse o nome do seu sol?

Ramarren não demonstrou nenhuma reação.

— Eltanin, o Olho do Dragão, sim, isso é muito bom. Os outros que havíamos cogitado como possibilidades ficam um pouco mais próximos. Agora isso economiza muito tempo. Nós quase…

A mentefala rápida, clara, zombeteira e reconfortante parou abruptamente, e Ken Kenyek teve um sobressalto convulsivo; Ramarren também, no mesmo exato momento. O shing virou-se de súbito para os controles do aerocarro, depois se afastou. Ele se inclinou de um jeito estranho, inclinando-se demais, feito uma marionete com fios mal gerenciados, então, de repente, deslizou para o assoalho da nave e ali se deitou com o rosto branco e bonito voltado para cima, rígido.

Orry, despertado de seu êxtase sonolento, olhava fixamente.

— O que aconteceu? O que houve?

Não obteve resposta. Ramarren estava tão rígido quanto o shing, e seus olhos estavam fixos nos do shing, em um duplo olhar vazio. Quando finalmente se moveu, falou em uma língua que Orry não conhecia. Depois, com dificuldade, falou em galáctica.

— Coloque a nave em suspensão.

O garoto arregalou os olhos.

— Qual é o problema com lorde Ken, *prech* Ramarren?

— Levante-se. Coloque a nave em suspensão!

Ele estava falando galáctica agora, não com seu sotaque wereliano, mas na forma degenerada usada pelos nativos da Terra. Mas, embora a linguagem estivesse errada, a urgência e a autoridade eram poderosas. Orry obedeceu. A pequena bolha de vidro pairou imóvel no centro da taça de oceano, a leste do sol.

— *Prechna*, a...

— Quieto!

Silêncio. Ken Kenyek permaneceu imóvel. Gradualmente, a tensão e a intensidade visíveis de Ramarren se dissiparam.

O que aconteceu no plano mental entre ele e Ken Kenyek foi uma questão de emboscada e contraemboscada. Em termos físicos, o shing havia atacado Ramarren, pensando estar capturando um único homem e foi, por sua vez, surpreendido por um segundo — Falk, a mente em emboscada. Apenas por um instante, Falk conseguiu assumir o controle, e apenas pela pura força da surpresa, mas foi tempo suficiente para libertar Ramarren do controle do shing. Assim que ele se libertou, enquanto a mente de Ken Kenyek ainda estava conectada com a dele e vulnerável, Ramarren assumiu o controle. Foi preciso toda a sua habilidade e força para manter a mente de Ken Kenyek conectada com a sua, impotente e submissa, como a sua própria havia estado um momento antes. Mas sua vantagem se impôs: ele ainda possuía uma mente dupla, e enquanto Ramarren mantinha o shing impotente, Falk estava livre para pensar e agir.

Essa era a oportunidade, o momento; não haveria outro.

Falk perguntou em voz alta:

— Onde há uma nave com velocidade da luz pronta para voo?

Foi curioso ouvir o shing responder com sua voz sussurrante e saber, pela primeira vez, com certeza absoluta, que ele não estava mentindo.

— No deserto a noroeste de Es Toch.

— Está guardada?

— Sim.

— Por guardas vivos?

— Não.

— Você nos guiará até lá.

— Eu os guiarei até lá.

— Leve a nave aonde ele disser, Orry.

— Não entendo, *prech* Ramarren; estamos...

— Vamos deixar a Terra. Agora. Assuma os controles.

— Assuma os controles — repetiu Ken Kenyek baixinho.

Orry obedeceu, seguindo as instruções do shing quanto ao curso. A toda velocidade, o aerocarro disparou para o leste, mas parecia ainda flutuar no centro imutável da esfera do mar, rumo à circunferência na qual o sol, atrás deles, afundava visivelmente. Então, as Ilhas Ocidentais surgiram, parecendo flutuar em direção a eles sobre a curva ondulada e cintilante do mar; depois, atrás delas, as afiadas e brancas montanhas da costa apareceram, se aproximaram e passaram por baixo do aerocarro. Agora estavam sobre o deserto árido, quebrado por cadeias de montanhas secas e estriadas, projetando longas sombras para o leste. Ainda seguindo as instruções murmuradas de Ken Kenyek, Orry desacelerou a nave, fez um círculo em torno de uma dessas cordilheiras, ajustou os controles para pegar o sinal do farol de pouso e deixou a nave ser direcionada. As altas montanhas desertas ergueram-se ao redor deles, cercando-os, enquanto o aerocarro se acomodava em uma planície pálida e sombria.

Nenhum espaçoporto ou aeroporto se encontrava visível, nenhuma estrada, nenhum edifício, mas certas formas vagas e bem grandes tremeluziam como miragens sobre a areia e os arbustos sob as encostas escuras das montanhas. Falk olhou para elas e não conseguiu focar os olhos, e foi Orry que disse, com um soluço na voz:

— Naves estelares.

Eram as naves interestelares dos shing, sua frota ou parte dela, camufladas com redes de dispersão de luz. As que Falk vira primeiro eram menores; havia outras, que ele confundira com colinas…

O aerocarro pousou suavemente ao lado de uma pequena cabana arruinada e sem teto, suas tábuas desbotadas e rachadas pelo vento do deserto.

— O que é esta cabana? — perguntou Falk.

— A entrada para as salas subterrâneas fica na lateral dela — respondeu Ken Kenyek.

— Há computadores de solo lá embaixo?

— Sim.

— Alguma das naves pequenas está pronta para partir?

— Todas estão prontas. A maioria são naves de defesa controladas por robôs.

— Há alguma com controle manual?

— Sim. A destinada a Har Orry.

Ramarren manteve um controle telepático firme sobre a mente do shing enquanto Falk ordenava que ele os levasse à nave e mostrasse os computadores de bordo. Ken Kenyek obedeceu de imediato. Falk-Ramarren não esperava que ele realmente fizesse isso: havia limites para o controle mental, assim como para a sugestão hipnótica normal. O instinto de autopreservação muitas vezes resistia até mesmo ao controle mais forte e, às vezes, quebrava toda a sintonia quando violado. Mas a traição que ele estava sendo forçado a cometer aparentemente não despertava nenhuma resistência instintiva em Ken Kenyek; ele os levou para a nave estelar e respondeu obedientemente a todas as perguntas de Falk-Ramarren, depois os conduziu de volta à cabana decrépita e, sob uma ordem, destrancou, com sinais físicos e mentais, a porta de alçapão na areia perto da entrada. Eles entraram no túnel que foi revelado. Em cada uma das portas, defesas e escudos subterrâneos, Ken Kenyek deu o sinal ou resposta adequados e, assim, os levou para as salas à prova de ataques, cataclismos e ladrões, muito abaixo do solo, onde ficavam os guias de controle automático e os computadores de curso.

Já havia se passado mais de uma hora desde o momento decisivo no aerocarro. Ken Kenyek, submisso e concordante, lembrando Falk em alguns momentos da pobre Estrel, ficou por ali, inofensivo — inofensivo desde que Ramarren mantivesse o controle total sobre sua mente. No instante em que esse controle afrouxasse, Ken Kenyek enviaria um chamado mental para Es Toch, se tivesse o poder para isso, ou ativaria algum alarme, e os outros shing e seus homens-instrumento estariam ali em alguns minutos. Mas Ramarren precisava afrouxar esse controle, pois precisava de sua mente para pensar. Falk não sabia como programar um computador para o curso em velocidade da luz até Werel, satélite do sol Eltanin. Apenas Ramarren poderia fazer isso.

No entanto, Falk tinha seus próprios recursos.

— Me dê sua arma.

Ken Kenyek imediatamente entregou uma pequena arma que mantinha escondida sob suas elaboradas vestes. Orry olhou para aquilo com horror. Falk não tentou aliviar o choque do garoto; na verdade, ele o reforçou.

— Reverência pela Vida? — perguntou friamente, examinando a arma.

Na verdade, como ele esperava, não era uma arma ou laser letal, mas um atordoante de baixo nível. Ele o apontou para Ken Kenyek, patético em sua completa falta de resistência, e disparou. Nesse momento, Orry gritou e avançou, e Falk virou o atordoante para ele. Então, ele se afastou das duas figuras caídas e paralisadas, com as mãos tremendo, e deixou Ramarren assumir o controle como quisesse. Ele já havia feito sua parte por enquanto.

Ramarren não tinha tempo para remorso ou hesitação. Foi direto aos computadores e começou a trabalhar. Ele já sabia, a partir de sua análise dos controles de bordo, que a matemática envolvida em algumas das operações da nave não era a matemática familiar de base cetiana que os terranos ainda usavam e da qual a matemática de Werel, via Colônia, também derivava. Alguns dos processos que os shing usavam e incorporavam em seus computadores eram completamente alienígenas aos processos e à lógica matemática cetiana; e nada mais poderia ter convencido Ramarren tão firmemente de que os shing eram, de fato, alienígenas à Terra, alienígenas a todos os mundos da antiga Liga, conquistadores de algum mundo muito distante. Ele nunca estivera totalmente certo de que as histórias e lendas antigas da Terra estavam corretas nesse ponto, mas agora se via convencido. Ele era, afinal, essencialmente um matemático.

E era bom que ele fosse, ou alguns daqueles processos o teriam paralisado completamente em seu esforço para definir as coordenadas para Werel nos computadores dos shing. Ainda assim, o trabalho levou cinco horas. Durante todo esse tempo, ele teve que manter, literalmente, metade de sua mente em Ken Kenyek e Orry. Era mais simples manter Orry inconsciente do que explicar para ele ou lhe dar ordens; e era absolutamente vital que Ken Kenyek permanecesse completamente inconsciente. Por sorte, o atordoante era um dispositivo eficaz e, uma vez que ele descobriu a configuração adequada, Falk só precisou usá-lo mais uma vez. Então, ele estava livre para coexistir, por assim dizer, enquanto Ramarren se dedicava às suas computações.

Falk não olhava para nada enquanto Ramarren trabalhava, mas estava atento a qualquer ruído e sempre consciente das duas figuras imóveis e desacordadas estendidas por perto. E ele pensava; pensava em Estrel, perguntando-se onde ela estaria agora e o que ela seria agora. Será que a haviam retreinado, destruído sua mente, matado...? Não, eles não matavam. Tinham medo de matar e medo de morrer, e chamavam seu medo de Reverência pela Vida. Os shing, o Inimigo, os Mentirosos... Mas será que mentiam, de fato? Talvez não fosse exatamente isso; talvez a essência de sua mentira fosse uma profunda e irremediável falta de compreensão. Eles não conseguiam se conectar com os homens. Usaram essa incapacidade a seu favor, transformando-a em uma grande arma, a mentira mental; mas valeu a pena, no final das contas? Doze séculos de mentiras, desde que chegaram ali, exilados ou piratas ou construtores de impérios de alguma estrela distante, determinados a governar essas raças cujas mentes não faziam sentido para eles, e cuja carne era para eles eternamente estéril. Sozinhos, isolados, surdos e mudos governando surdos e mudos em um mundo de delírios. *Ah, desolação...*

Ramarren terminou. Após cinco horas de trabalho árduo e oito segundos de processamento do computador, o pequeno cartão de irídio com os dados estava em sua mão, pronto para ser inserido no controlador de curso da nave.

Ele se virou e olhou para Orry e Ken Kenyek, atordoado pela exaustão. O que fazer com eles? Teriam que ir junto, evidentemente. *Apague os registros dos computadores,* disse uma voz dentro de sua mente, uma voz familiar, sua própria — a voz de Falk. Ramarren estava tonto de fadiga, mas aos poucos, entendeu o motivo do pedido e obedeceu. Então, não conseguiu pensar no que fazer a seguir. E, assim, finalmente, pela primeira vez, ele desistiu; não fez esforço para dominar, deixou-se fundir... consigo mesmo.

Falk-Ramarren começou a trabalhar na mesma hora. Arrastou Ken Kenyek com dificuldade para cima até o nível térreo e através da areia iluminada pelas estrelas até a nave que tremulava, meio visível, opalescente na noite do deserto; colocou o corpo inerte em um dos assentos, deu-lhe uma dose extra do atordoante e então voltou para buscar Orry.

Orry começou a recuperar a consciência no caminho e conseguiu subir debilmente na nave sozinho.

— *Prech* Ramarren — disse ele, rouco, agarrando o braço de Falk-Ramarren —, para onde estamos indo?

— Para Werel.

— Ele está vindo também... Ken Kenyek?

— Sim. Ele pode contar a Werel sua história sobre a Terra, e você a sua, e eu a minha... Sempre há mais de uma maneira de se chegar à verdade. Aperte o cinto. Pronto.

Falk-Ramarren inseriu o pequeno cartão de metal no controlador de curso. Ele foi aceito, e ele programou a nave para decolar em três minutos. Com um último olhar para o deserto e as estrelas, ele fechou as portas e se apressou, trêmulo de fadiga e tensão, para afivelar seu cinto ao lado de Orry e do shing.

A decolagem foi impulsionada por fusão: o motor de velocidade da luz entraria em ação apenas na borda mais externa do espaço terrestre. Eles decolaram suavemente e saíram da atmosfera em alguns segundos. As telas visuais se abriram automaticamente, e Falk-Ramarren viu a Terra se afastando, uma grande curva azulada e escura, com bordas brilhantes. Então, a nave emergiu na luz solar interminável.

Ele estava deixando sua casa ou voltando para casa?

Na tela, o amanhecer sobre o Oceano Oriental brilhou em um crescente dourado por um momento contra a poeira estelar, como uma joia em uma grande moldura de padrões. Então, a moldura e o padrão se desfizeram, a Barreira foi ultrapassada, e a pequena nave se libertou do tempo e os transportou através da escuridão.

Este livro foi impresso nas oficinas gráficas da Editora Vozes Ltda.,
Rua Frei Luís, 100 – Petrópolis, RJ.